东线 无线报务员 回忆录

1940年—1945年

[德] 埃哈德·施泰尼格尔——著　　小小冰人——译

台海出版社

著作权登记合同图字：01-2023-5917

图书在版编目（CIP）数据

东线无线报务员回忆录：1940 年—1945 年 /（德）
埃哈德·施泰尼格尔著；小小冰人译 . -- 北京：台海
出版社 , 2024.1
　　书名原文：Radio Operator on the Eastern Front:
an Illustrated Memoir, 1940 – 1949
　　ISBN 978-7-5168-3726-9

　　Ⅰ . ①东… Ⅱ . ①埃… ②小… Ⅲ . ①回忆录 – 德国
– 现代 Ⅳ . ① I516.55

中国国家版本馆 CIP 数据核字 (2023) 第 228339 号

东线无线报务员回忆录：1940 年—1945 年

著　　者：[德]埃哈德·施泰尼格尔 著　　　　译　　者：小小冰人

出 版 人：蔡　旭　　　　　　　　　　　　　责任编辑：戴　晨
策划制作：纵观文化　　　　　　　　　　　　封面设计：周　杰

出版发行：台海出版社
地　　址：北京市东城区景山东街 20 号　　　　邮政编码：100009
电　　话：010 – 64041652（发行，邮购）
传　　真：010 – 84045799（总编室）
网　　址：www.taimeng.org.cn/thcbs/default.htm
E – mail：thcbs@126.com

经　　销：全国各地新华书店
印　　刷：重庆亘鑫印务有限公司
本书如有破损、缺页、装订错误，请与本社联系调换

开　　本：787 毫米 × 1092 毫米　　　　　　　1/16
字　　数：200 千　　　　　　　　　　　　　印　　张：16
版　　次：2024 年 1 月第 1 版　　　　　　　　印　　次：2024 年 1 月第 1 次印刷
书　　号：978-7-5168-3726-9

定　　价：89.80 元

目　录

CONTENTS

前言

这本自传是写给我那些孩子看的，涵盖了我在 1920 年—1949 年的经历。[①] 我要讲述的不是什么神奇的冒险，甚至谈不上与众不同，与那个时代成千上万的难兄难弟相比，我的经历可能不如他们那般丰富。

说实话，我一直想不加粉饰地写下自己的战时经历，包括个人观点和当时发生的重大事件。作为一个普通的底层士兵，我只想如实描述自己所经历的一切，包括我目睹战争的残酷和士兵对战争的厌恶情绪。一开始很多人以为自己加入的是一场"正义的战争"。但随着日趋成熟，再加上后来了解的种种情况，我的观点在许多方面都发生了变化。

我原先只想为家人写一篇记事，但亲朋好友读完我的手稿后，纷纷鼓励我写得再详细点。于是我记录下自己亲身经历的实情，我所依赖的那些报告清楚地证明了这一点。

埃哈德·施泰尼格尔
1981 年 4 月写于纽伦堡

[①] 译者注：需要注意的是，二战期间，大多数德国人都称苏联为"俄国"。因此译者在翻译本书的时候，保留了原书作者的这一用法。

引言

我的故乡朗乌格斯特村（如今的耶尼舒夫乌耶兹德，地图坐标北纬50度34分，东经13度43分）坐落在广阔的山谷里，确切地说，它位于一片很大的洼地内，其西北面是厄尔士山脉，其南面和东面是中波西米亚山脉。两次世界大战之间的那段时间，村里约有2000名居民。

我于1920年出生在那里，那时捷克斯洛伐克共和国（以下简称"捷克"）已成立一年半。没人征询苏台德地区德国人的意见，而分割德语区违背了当地居民的意愿，但这显然是胜利方"和平战略"的组成部分。[1]武力造成既定事实，1919年3月发生的事，彻底破灭了苏台德德国人永远生活在德意志奥地利的梦想。[2]苏台德地区的德国人，总数超过捷克人口五分之一。[3]他们手无寸铁，丧失了原先的权利，但又不得不屈从于全新的情况，不得不直面严峻的政治和经济前景。

捷克政府打发大部分德国公务员退休，好让捷克人取而代之——只有德语中小学和大学教师留任。而申请公务员职务的人，必须保证把他们的孩子送入捷克语学校，以此证明对捷克斯洛伐克共和国忠贞不贰。1936年经济危机前，德国人的农场遭拍卖，被捷克人抢购一空，购买者甚至获得了政府的资助。这种土地转让政策旨在进一步实现捷克化。

在我的家乡朗乌格斯特与普雷申（布热什塔尼）之间，政府建立了整个捷

3

克斯洛伐克最大、最现代化的褐煤矿站。这座褐煤矿站称为"马萨里克矿站"①，雇佣波西米亚内地的捷克人。德国失业者依然找不到工作，全靠每周 10 克朗的救济金度日——这点钱只够买 3 斤糖。闲暇时他们会在煤堆间逡巡，寻找冬季取暖的各种可燃物。

我的母亲生了五个孩子，我是老四。我和她很像，五个孩子只有我长了双蓝色的眼睛。父亲于 1915 年因胸部负了重伤从奥地利军队退役，他有 20 公顷中等或优质农田，主要种植谷物。我们养了 2 匹马、8 头牛、许多鸭鹅和 100 只母鸡。我们家是当地最富裕的农户，在 1928 年时就购置了带扬声器的收音机和留声机。我 6 岁上小学，1931 年时在杜克斯读中学。

1933 年 1 月 31 日，我在普雷申火车站等着坐车回家时，听到了希特勒掌权的消息。西曼德尔是邻村的捷克男学生，我从没跟他说过话，他低声嘀咕着："希特勒当上帝国总理了。"我请他详细说说，于是他用磕磕巴巴的波西米亚语解释了为何希特勒上台是件很危险的事。几天后，我们了解了希特勒和国家社会主义者：他们要以降低失业率等手段造福德国，希特勒还打算废弃《凡尔赛和约》的禁令……德国广播电台把这些事情说得清清楚楚。这让我们对德意志祖国的敬重之情与日俱增，家人对纳粹的一切保留意见都没了。直到后来，我才明白这不过是一场骗局。

消息传来，我们这些居住在撒克森边界捷克一侧的德国人激动不已——要么是出于民族和种族情感，要么是因为德意志帝国提供了面包和工作，这些恰恰是掌权的捷克人竭力不让我们得到的东西。新时代即将到来的先兆非常强烈，而且愈演愈烈，人人都收听的电台广播进一步加剧了这种氛围。捷克人宣布纳粹党为非法组织，还审查相关人员的信函。禁令颁布后过了一段时间，阿施的体操老师康拉德·亨莱因组建了新政党"苏台德德国人祖国阵线"，简称 SHF。捷克政府提出警告，认为"阵线"这个词带有军事含义，新政党只好改名为"苏台德德国人党"。对所有违背自己意愿，被迫加入捷克斯洛伐克共和国的人来说，苏台德德国人党成了他们的汇聚地。奥匈帝国解体后，《圣日耳曼条约》禁止德奥合并，所以我们希求的是基于瑞士模式的自治权。

① 译者注：马萨里克是捷克斯洛伐克共和国的首任总统。

捷克斯洛伐克当时有 600 万捷克人，300 多万德国人，200 万斯洛伐克人，100 万匈牙利人，以及包括波兰人和喀尔巴阡山乌克兰人在内的少量其他群体。没有所谓的"捷克斯洛伐克人"，只有捷克人和斯洛伐克人，而斯洛伐克人当时也在争取独立，想摆脱捷克人的压迫。最佳政治解决方案也许是参照瑞士模式，在捷克斯洛伐克实施联邦制。但捷克人都是民族主义者，他们受战胜国哄骗，认为只要积极推行捷克化就能建立一个捷克国。可其他民族的占比实在太大，根本没办法进行"拉郎配"。

苏台德德国人党成为捷克国内最大的政党，是"捷克化"的必然结果。从 1936 年起，这种情况变得越来越明显，该党努力争取"自治权"不过是与德国统一的幌子而已。来自波西米亚的失业大军越过边界，去萨克森州找工作，并真找到了活儿——他们成了周末通勤者。虽说这份工作主要是帮着修建高速公路，但比他们在捷克斯洛伐克境内能找到的工作强得多，而且以现金支付的薪酬极大地改善了他们的生活。

我姐姐咪咪（玛丽，1911 年出生）、母亲和我都支持亨莱因的苏台德德国人运动。快到离校年龄时，迫于父亲的压力，我向布吕克斯商学院提交了申请。那时候没有心理测试，也没人帮你分析所选择的职业道路的发展前景。于是我后来去了布吕克斯，并通过了入学考试。从 1934 年 9 月起，我就和最好的朋友埃里希·米勒每天骑自行车往返 26 千米。

我想说一句，虽然商学院的克劳斯纳教授是个犹太人，但我们这里一点都不仇视犹太人。我们全家都在犹太人开的店铺里买东西，因为他们的商品和服务向来令我们满意。克劳斯纳教授在第三帝国时期活了下来，于战后居住在东柏林。

1936 年 6 月 28 日，我拿到了毕业证——也就是我的离校证书。我最重要的副科是速记，它对我以后的生活提供了很大的帮助。但现在我不得不面对一个艰巨的任务：找工作。苏台德地区的德国人几乎不太可能当上公务员，而当地工业也陷入了极度困难的境地。我父亲是比林仓库协会监理会成员，他找了协会董事帮忙。经过简短的面试，几天后我收到了录用函，从 1936 年 8 月 1 日起当实习生，没有薪酬。无偿干了五个月的簿记员后，从 1937 年 1 月起，我每周都能获得 100 克朗（相当于 12 个帝国马克，工资很低），但一年后我的薪水就增加到 300 克朗，对捷克斯洛伐克一个 18 岁的仓库管理员来说，这就算高薪了。

1938 年，苏台德地区风起云涌的政治形势到了紧要关头。苏台德德国人党已成为捷克斯洛伐克最大的单一政党，几乎彻底吞并了德国人组建的所有其他党派。我哥哥奥斯卡（1912 年出生）秘密入党，1938 年 4 月，年满 18 岁的我也加入了苏台德德国人党。我那当过社会民主党旗手的父亲，对此始终持公开反对的立场，直到农民联盟领导人古斯塔夫·哈克与希特勒会晤后返回，在布拉格召开万众瞩目的会议，说服联盟管理委员会与亨莱因的政党合并，他才改变态度。没过多久，我看见父亲带着旗帜和结余的党费去找当地的苏台德德国人党主席，但据我所知，他一直没有加入该党。

由于贝奈斯总统不肯让步，捷克与德国紧张的政治局势于 1938 年加剧了。就算他有过给予苏台德德国人自治权的想法，现在也为时过晚——除了捷克人，所有人都对此心知肚明。希特勒在别处承诺过："全世界都该知道，边界外的 1000 万名德国人再也不会无依无靠了！"一如既往，他发表讲话时各条街道空无一人：德国人都待在家里听广播。从 1000 万这个数字来看，希特勒指的不只是奥地利人，还首次提到苏台德地区的德国人。

听完希特勒的讲话后，比林民众自发来到市集广场，唱起德国国歌，直到捷克警察赶来驱散人群。1938 年 5 月，捷克军队首次实施局部动员。民兵也武装起来，于夜间在德国人街区的各条街道上巡逻。在捷克—德国边界上，各种防御工事和纵横交错的混凝土掩体，沿我们社区南面的几座高地延伸——守备部队针对这样的情况也做好了相应的准备。从那里到厄尔士山脉，捷克军队肃清了射界内的一切障碍。

某天早上我去上班，在比林附近的桥梁被武装民兵拦下搜身。我不知道他们要找什么，反正白袜子不能再穿了，这是属于德国社区的外在标志——有些德国人经过混居社区，在脚上的白袜被人看到后惨遭毒打。

在此期间，奥地利也"重返帝国"。随着时间推移，我们觉察到我们的事业为德意志帝国创造了机会，而捷克人与苏台德德国人的关系也相应地恶化。捷克人的恐怖统治开始了。

捷克新闻媒体率先发难："我们要把德国人的头颅挂在街头！"德国人不得不绕道上班，以免与捷克人发生冲突，许多人干脆就不去上班了。全副武装的民兵夜间在街头游荡，敲响一户户房门。8 月份终于轮到我们家——民兵以枪威逼，让我父母交出社区办公室的钥匙和我三哥弗朗茨。弗朗茨没加入任何党派，他为人和善，对其他人充满善意，在社区办公室总是想方设法帮助需要帮助的人，从来不考虑对方的出身或民族。我们后来得知，捷克人把弗朗茨和500多名人质从比林区押到翁霍斯特镇啤酒厂的地窖里，捷克人告诉他们，"要是气球升空的话"就淹死他们，以此作为报复。

在此期间，根据捷克的动员令，我哥哥奥斯卡被召到斯洛伐克的科莫恩加入龙骑兵。一连几周，母亲天天以泪洗面，她暗暗祷告，期盼德国发动进攻："他们怎么还不来？这些人真是外强中干。"

捷克军队占据了我们村上方高地的一座座掩体，我们不敢去田里，太危险了！这些军人挖掘战壕，架设铁丝网，调来反坦克炮，还搜捕能挥舞镐头和铁锹的男性居民。我们村就在主要的前沿防线上。

为躲避征兵，母亲把我送到已婚的姐姐咪咪家，她把我藏在小房间里。市政官员早就没收了所有收音机，不让我们获悉外界发生的事情。但咪咪的消息很灵通，她认识某个有两台收音机的邻居，所以总是把政治局势发展的最新情况及时告诉我。通过这种方式，我得知希特勒发表了讲话，他说："我站在这里，贝奈斯先生站在对面。我向全世界呼吁——'战争还是和平？'"那时候，这个消息给我们带来一线希望。《布吕克斯人报》当天的通栏标题是"希特勒发表讲话"，标题下一片空白，因为捷克当局不许刊登希特勒的讲话内容。但有标题就够了，我们个个心知肚明。所以说，德国没有抛弃我们，没有任由我们听凭命运摆布。

我还得知慕尼黑会议就德国合并苏台德地区的问题达成了协议，为讨价还价，捷克人故意拖延，迟迟不愿主动放弃杜克斯、布吕克斯煤矿。我现在觉得沿小路回家没什么威胁，但途中有人提醒我："当心点，他们还在搜捕挖战壕的劳工。"

10月9日，我们想弄点树枝装点房屋，这就得穿过一排排军用掩体，进入冈霍夫松林。我们发现驻守在那里的士兵大多是匈牙利人和斯洛伐克人，和我们一样，他们也渴望获得解脱，因此根本没人搭理我们。

1938年10月10日，星期天，是我们获得解脱的日子。我们穿上周日才穿的盛装涌上主街道，据说军队会从这个方向过来。我们听见远处传来布鲁赫、奥伯勒滕斯多夫教堂的钟声，这是他们发出的问候。一座座房屋装饰一新，还挂起旗帜。军队开来了，我们简直不敢相信自己的眼睛——走在最前方的是捷克军人！一个捷克人扯下屋前的德国国旗，塞入背包。跟在捷克连身后的是一队摩托车兵，看上去和我们猜想中的完全不同！煤斗形钢盔，原野灰军装，鹰标和反万字徽记——德国人！只有活在外国人统治下、时刻担心生命安危的人质，才能理解我们当日的幸福和喜悦感。

捷克连长不肯让部下解除武装。德军两门反坦克炮从我们身旁过去，控制了通往东面的道路。与此同时，德军机枪手也架好了武器。几个捷克兵高举双手走出队伍，嘴里喊道："我们是匈牙利人！"其他人也开始有样学样。在缴械后，他们被德国人允许退到分界线另一侧。此时，我们以为自己自由了，以为自己终于能自由和平地生活，说自己的母语，与德国之间再也没有边界，不用护照就可以去巴伐利亚、莱茵兰、萨克森，甚至东普鲁士。天真的我们并不知道，这只是噩梦的开始。

那时候的我，甚至认为《慕尼黑协定》并不像今天说的那样是个不公正、错误的协定，德国合并的仅仅是德国人占多数的地区，捷克斯洛伐克共和国并没有丧失其他领土。至于捷克在经济方面的损失，他们失去的也仅是德国人生活的地区内的工业。德国合并苏台德地区后，没发生集体迫害的事情，尽管大多数人都在庆幸当初没加入社会民主党，但该党成员也没遭受迫害。

1938 年 10 月，苏台德地区全民投票决定加入德国。我毫不怀疑 97% 的人投了赞同票。我们全家现在都是德国国籍，我哥哥奥斯卡和弗朗茨也回来了。

1939 年年初某个晚上，我参加了苏台德德国人党召开的会议，这是我首次出席党内会议，也是最后一次。我在会议期间签了份表格，申请加入"国社党"。获得批准后，我得到了排在 80 多万人之后的党号。

1939 年 9 月战争爆发后，有些人忧心忡忡，但德国军队在波兰和法国的速战速决，以及德国与苏联缔结的互不侵犯条约，打消了他们的恐惧。战争第一年，因为我有工作，所以没被召入德国国防军。作为簿记员，我在旺季（特别是圣诞节前后）必须帮着估算粮食数量和谷物交付量，这让我对库存管理有了深入了解。我掌握了每百升谷物的重量、谷蛋白含量等东西。这些知识对我很有用，因为战争爆发后，利本斯豪森分公司的库管员一接到通知就得加入国防军。我后来接替了他的工作，但在 1940 年年末，德国军队开始大规模征兵。我因为失去了工作，便应征加入德国陆军。

注解

1. 第一次世界大战结束前,波西米亚和摩拉维亚部分地域构成的苏台德地区一直是奥匈帝国的组成部分。奥地利战败后,于 1919 年 9 月 10 日在圣日耳曼宫接受和平条约,承认了新成立的捷克斯洛伐克共和国。这份条约明确禁止奥地利与德国合并,并重新划定两国边界,整个苏台德地区就此并入捷克斯洛伐克。当时,苏台德地区有约 300 万名德裔。
2. 为镇压德语省份发动的大罢工,捷克斯洛伐克共和国于 1919 年 3 月 4 日在卡丹和施滕贝克动用武力,分别造成 17 人丧生和 15 人丧生。
3. 1921 年 2 月的人口普查表明,312.3 万人以德语为母语,占总人口的 23.4%。

位于波西米亚西北部的比林镇朗乌格斯特村的农舍。这是本书作者父母的家，他于1940年入伍前一直住在这里。这张照片摄于1964年。

比林（比利纳）镇，后面是 538 米高的响岩山"博尔申"。

诺伊哈梅尔（位于厄尔士山脉）的冬季。

典型的厄尔士山区房屋，带有木瓦屋顶。

波西米亚中部山脉的火山锥（右侧是罗森贝格）。

位于万诺夫（奥辛附近）的易北河河谷。

波西米亚—萨克森边界处，位于易北河砂岩山脉的普雷比施托尔。

地名对照

第二次世界大战结束后，由于政治局势和欧洲各国的边界发生了变化，许多德语地名不再使用。为保持原书风貌，本书中文版还是按照德语地名进行翻译。以下列表是新旧地名的变化，供读者参阅。

Arensburg（阿伦斯堡）——Kuressaare（库雷萨雷）

Asch（阿施）——Aš（阿什）

Beraun（贝劳恩）——Beroun（贝龙）

Bilin（比林）——Bilina（比利纳）

Birsen（比尔森）——Bērzpils（贝尔兹皮尔斯）

Braunsberg（布劳恩斯贝格）——Braniewo（布拉涅沃）

Bruch（布鲁赫）——Lom（洛姆）

Brüx（布吕克斯）——Most（莫斯特）

Cranz（克兰茨）——Zelenogradsk（泽列诺格拉茨克）

Dagö（达格岛）——Hilumaa（希乌马岛）

Danzig（但泽）——Gdansk（格但斯克）

Düna（迪纳河）——Daugava（道加瓦河）

Dux（杜克斯）——Duchov（杜霍夫）

Ebenrode（埃本罗德）——Nesterov（涅斯捷罗夫）

Elbing（埃尔宾）——Elbląg（埃尔布隆格）

Ermland（埃姆兰）——Warmia（瓦尔米亚）

Fellin（费林）——Viljandi（维尔扬迪）

Freiburg (Silesia)（弗赖堡）——Świebodzice（希维博济采）

Gotenhafen（戈滕哈芬）——Gdynia（格丁尼亚）

Gross-Scharlack（大沙尔拉克）——Nakhimovo（纳希莫沃）

Gumbinnen（贡宾嫩）——Gusev（古谢夫）

Heydekrug（海德克鲁格）——Šilutė（锡卢泰）

Insterburg（因斯特堡）——Chernyakhovsk（切尔尼亚霍夫斯克）

Komorn（科莫恩）——Komárno（科马尔诺）

Königgratz（柯尼希格拉茨）——Hradec Králové（赫拉德茨 - 克拉洛维）

Königsberg（柯尼斯堡）——Kaliningrad（加里宁格勒）

Korschen（科尔申）——Korsze（科尔谢）

Labiau（拉比奥）——Polessk（波列斯克）

Langugest（兰古格斯特）——Jenišův Újezd（耶尼舒夫乌耶兹德）

Leitomischl（莱托米施尔）——Litomyšl（利托米什尔）

Libau（利巴瓦）——Liep ā ja（利耶帕亚）

Litzmannstadt（利茨曼施塔特）——Łódź（罗兹）

Memel（梅梅尔）——Klaipėda（克莱佩达）

Memel（梅梅尔河）——Neman（涅曼河）

Mitau（米陶）——Jelgava（叶尔加瓦）

Moon（蒙岛）——Muhu（穆胡岛）

Neidenburg（奈登堡）——Nidzica（尼济察）

Nidden（尼登）——Nida（尼达）

Ösel（厄塞尔岛）——Saaremaa（萨雷马岛）

Pardubitz（帕尔杜比茨）——Pardubice（帕尔杜比采）

Pogegen（波戈根）——Pagėgiai（帕盖吉艾）

Preschen（普雷申）——Břešťany（布热什塔尼）

Reval（雷瓦尔）——Tallinn（塔林）

Riesengebirge（巨人山）——Krkonoše（克尔科诺谢山）

Rössel（勒塞尔）——Reszel（雷谢尔）

Schaulen（绍伦）——Šiauliai（希奥利艾）

Schillen（席伦）——Zilino（济利诺）

Schweidnitz（施维德尼茨）——Świdnica（希维德尼察）

Segewold（塞格沃尔德）——Sigulda（锡古尔达）

Stalinsk（斯大林斯克）——Novekuznetsk（新库兹涅茨克）

Striegau（斯特里高）——Strzegom（斯切戈姆）

Sworbe（斯沃贝）——Sõrve（瑟尔韦）

Teplitz-Schönau（特普利茨舍瑙）——Teplice-Šanov（特普利采沙诺夫）

Tilsit（蒂尔西特）——Sovetsk（苏维埃茨克）

Trakehnen（特拉克嫩）——Yasnaya Polyana（亚斯纳亚波利亚纳）

Trautenau（特劳特瑙）——Trutnov（特鲁特诺夫）

Tuckum（图克库姆）——Tukums（图库姆斯）

Wainoden（韦诺登）——Vainode（瓦伊尼奥德）

Waldenburg (Silesia)（瓦尔登堡）——Wałbrzych（瓦乌布日赫）

Walk（瓦尔克）——Valga（瓦尔加）

Wannow（万诺夫）——Vaňov（瓦尼奥夫）

Weckelsdorf（韦克尔斯多夫）——Teplice nad Metují（梅图耶河畔特普利采）

Wesenberg（韦森贝格）——Rakvere（拉克韦雷）

Wolmar（沃尔玛）——Valmiera（瓦尔米耶拉）

Zoppot（措波特）——Sopot（索波特）

从应征入伍到抵达梅梅尔前线

第一章

1940 年 10 月 12 日，我揣着征兵文件，拎着满满当当的行李箱，登上开往布拉格的火车，我的目的地是贝劳恩。我是家里第二个参军的孩子，哥哥弗朗茨在此前已应征入伍，作为炮兵参加了法国战局。我当时想，德国下一个要对付的敌人肯定是英国，否则为什么要征兵呢？其他敌人都已战败，而且我们与苏联缔结了互不侵犯条约。所以我当时担心入伍得太晚，可能无法亲身经历战争了。

我在布拉格溜达了几个钟头，等待转车去贝劳恩。到达目的地后，我奉命去车辆调配站，并在那里加入第 21 步兵信号预备连。这个兵种不用像步兵那样需要长途行军，我很满意。

这是我的第一个误解，因为"信号部队"与"部队信号兵"有很大不同，我加入的是部队信号兵。信号部队负责通信联络，上到国防军高级领率机构，下到师级指挥部，对他们来说，最远的前线通常是团级指挥所。相比之下，部队信号兵就是步兵，他们的衣袖上绣着闪电徽标，负责团与营之间的通信联络，以及从团部和营部下到各步兵连的命令。信号部队实现了摩托化，而部队信号兵必须背上无线电设备。二者差别很大，因为部队信号兵经常暴露在敌军火力下！

第二个误解也很简单，"车辆调配站"这个词纯属遮人耳目。这里唯一的车辆是补给车。这欺骗真够彻底的！没等我走过营房大门，就被迫加快步伐。一名下士喜欢看新兵小跑："伙计，您干吗磨磨蹭蹭的？走快点，您觉得您来这里是干吗的？我很快会让你的双腿得到锻炼，你日后都得靠它！"我很失望，我参军入伍是为了保卫祖国，可不是来做这些的。

从各地而来的应征兵在新兵接待区得知，这里的一切都得遵照规章制度按部就班。一批批新兵不时到达。我们在服装库领取了钢盔、步枪、防毒面具、身份识别牌。至于身份识别牌是做什么用的，带兵人员解释得很坦率，给我留下了深刻的印象。在某处战场被炸成碎片的描述，并没有缓解我隐隐约约的疑虑：当信号兵能报效祖国吗？

我们在第三天开始了训练。新兵接受听力测试后，被分成话务员和报务员。我成了报务员，他们打发我去房间里。报务员的训练工作轻松些，话务员必须扛着沉重的电缆卷冲过野地，而我们却可以舒舒服服地坐在暖和的屋子里学习摩尔斯电码。这些电码很有趣，让我们忘掉了前两天受到的"不友好招待"。

那么，我身边的战友都是什么人？我结识了两三个萨克森小伙，和我一样，他们也喜欢现代音乐，我们每晚在洗衣房洗涤军装时，用鼻子和喉咙模仿各种乐器的声音。另一些战友是东普鲁士人，一个个沉默寡言，口音刺耳。在他们交谈时，旁人根本听不懂他们在说什么。真是些怪人！他们自成一派，很少说话，总是用眼角的余光不信任地打量其他人。这些东普鲁士人来自埃尔宾和布劳恩斯贝格。我依稀记得在学校上地理课时听过东普鲁士的情况：我知道那里是德国的粮仓，而且蒂尔西特的奶酪很棒，特拉克嫩地区有出色的种马场。我当时显然不知道自己日后加入的部队主要由"这些人"组成，也没想到我的余生永远忘不了他们。

我们的排长是一级下士格罗斯曼，他来自布劳恩斯贝格，个头不高，但很结实。最后一次列队检阅时，他朝我喊道："第三列那个，你看上去脸色苍白，是不是没拉屎？"

"是的，一级下士先生，我本该拉泡屎的。"这位来自魏玛防卫军的老兵没说错，战地厨房供应的伙食让我便秘五天了。痊愈后，我的脸色正常了，身体也恢复健康。学会敬礼后，我们获准离开兵营，可以去电影院了。

我们在贝劳恩待了六周。1940 年 12 月初，我们穿上野战服，列队前往火车站。我把吉他藏在大衣下，排在队伍中间穿过兵营大门，没人发觉我带着乐器。军列在当晚出发，穿过巴伐利亚开往法国，先后在南锡、勒芒、雷恩停留。这期间雨下个不停。我们在布列塔尼的坎佩尔镇下车，等待部队接兵人员把我们领走。我在这支部队一直待到 1945 年 1 月。

第 151 步兵团信号排

接兵人员带着我们离开坎佩尔火车站，把我们领到一扇壮观的大门前，大门之后就是帕斯卡尔旅馆后院。一位中士在一名二级下士和两名士兵陪同下欢迎我们到来，他们都很矜持，但还算友好。中士是个矮小瘦削的年轻人，肤色白皙，金发碧眼，看上去很英俊，头发的长度也严格遵守了军队的规定。他的军帽戴得端端正正，高于眉毛两指，也完全符合相关规定。他吐字清晰，嗓音柔和，但在提到军队的规章制度时，他的嗓门就提高了。中士带着愉快的神情重新打量我们这些新兵。他站在我和我的吉他前："我想你肯定是从很远的地方来的吧？"我承认的确如此，但他显然认为我会用吉他伴奏，唱些与徒步跋涉有关的歌曲和民谣，要是他日后得知我只会唱最新的流行歌曲，想必会很失望。总的说来，我们的排长很讨人喜欢，尽管有滑稽的一面，可他还是赢得了我们所有人的尊敬。

院内的客房充当了我们的宿舍。每个房间摆了六张床以及壁炉——取暖的柴火由旅馆提供。新兵住在这里无疑是一种优待。接下来的训练，由团信号排经验丰富的中士和一名一等兵负责，我们总是用"您"这种正式称谓称呼他们。他们是在波兰和法国打过仗的老兵，现在成为我们的教官，也是我们的上司。所有新兵都被分配到了团信号排和营信号班。我和另外五个人去团信号排当报务员，毫无疑问，我又一次交了好运，而具体的好处，我在日后上了战场才知道。我和这些同志一同度过了接下来的四年时间，所以我想简单地介绍每一位战友。

维尔纳·察恩睡在隔壁床上铺，他个子很高，有一头黑发，有点斜视——特别是在认真思考的时候。他的外貌看上去像地中海人，但他实际上来自东普鲁士的勒塞尔，除了强烈的喉音"r"之外，他的德语没什么口音。维尔纳是个沉着、宽容、举止得体的人，从来不会因为别人的恶作剧而生气。

古斯塔夫·帕特·瓦赫诺夫斯基身材瘦削，肤色偏黄，一头长长的黑发梳向后面——其他人觉得这种发型很难看。他是东普鲁士人，来自奈登堡，已不再年轻，但他性情温和，作风正派。我这些战友都是规矩人，当然性情各有不同，毕竟我们的父母和出身不一样。

维尔纳·楚特劳恩通过了高级中学毕业考试，也就是说有资格上大学。他来自措波特，皮肤黝黑，看上去很优秀。他很聪明，喜欢用自己的智力优势碾压中学没毕业的其他人。总之，他是个勇敢的军人，但有个缺点：部队里的老兵作威作福似乎是天经地义的，他却不能容忍，后来他与帕特·瓦赫诺夫斯基勾结，煽动其他新兵"消极抵抗"。这件事让我们遭了大罪——惩罚性训练一次接一次。因为部队的等级制度根深蒂固，抵抗的结果必然是变本加厉的"惩罚"。

来自萨克森的维尔纳·哈费比尔身强体健，相貌英俊，和许多萨克森人一样，他的性格外向开朗。他从一开始就受到大家喜爱，但不仅仅因为他正直诚实。

海因茨·席曼斯基后来加入了我们的行列，他是从圣马洛的信鸽哨所调来的。他中等身高，肩膀很宽，鼻子看上去有点怪。他是柯尼斯堡人，也通过了高级中学的毕业考试。在对苏战争头两年，他是我的班长。他愤世嫉俗，知识渊博，音乐素养很高，是个很有天分的语言学家（法语说得非常流利）。他还是个出色的素描艺术家，专画法国风格的女性，偏好裸体或衣着暴露的形象。他会唱传统或流行的法国歌曲，例如《我会等待》（J'attendrai），他能唱得一字不差。即便身处俄国腹地，他也不忘激动地宣称他爱死法国了，但他的意思可能是说他喜欢法国女人。

我们的三位教官都是一等兵，都来自东普鲁士。布鲁诺·保克施塔特是蒂尔西特的神学学生，操一口美妙的男中音。维克托·普雷施来自埃姆兰，从不透露自己的私生活，但很有幽默感，是个勇敢、可信赖的军人。恩斯特·斯卡姆布拉克斯是几名报务教官里的明星，他来自柯尼斯堡，原先是美发师，他个头很高，身材瘦削，戴着眼镜，喜欢逗乐子，善于雄辩，如果谈到关于酒吧女老板的诗句，他简直就是无人能及的专家。他和我们这群年轻士兵的关系非常好，结果他因为用非正式代名词称呼我们而受到了上级的告诫。军队里的规矩太严了！

第二次世界大战期间，每个德军团信号排都由一名军官任排长。下面有一名中士和五名二级下士，分别率领四个无线电小组、两个电话架设组和接线员。另外排里还有些特别勤务人员，我记得总共有33人左右。

布列塔尼的坎佩尔是个非常漂亮的小镇，对战争期间仍在接受训练的德国军人来说，我们享受了相对美好的生活，至少比先前在贝劳恩强多了。1940年12月初，1个帝国马克能换20法郎，可以在这里买很多东西——1千克橙子只要18法郎，1瓶马多利白兰地也只要60法郎。每逢周末，我们就成群结队地去帕斯卡尔旅馆或女子寄宿学校聚餐。菜单通常是海鲜开胃冷盘，鱼或肉做的两道菜，配以煮土豆或炸土豆，以及水果这样的饭后甜点，还有一杯红葡萄酒。而我们的账单金额通常只有95芬尼，连1马克都不到！

坎佩尔位于西部，再加上墨西哥湾流的缘故，这里气候温和，枣椰树高达5—6米。层层叠叠的石墙让农田免遭海上刮来的风暴侵袭，环绕的树篱和树木经常与常春藤、槲寄生或其他寄生植物缠绕在一起。布列塔尼的姑娘和妇女构成了一道亮丽的风景，她们穿着传统服装，佩戴雪白挺拔的圆柱形蕾丝头饰，这些头饰的尺寸各不相同，视她们在家中的地位而定。大大小小的石制教堂也很美丽。

奥代河穿过坎佩尔汇入大西洋。我们所属的第61步兵师负责该地区的海岸防务，团里几个营驻扎在奥迪耶尔恩和杜瓦讷内附近，陡峭的岩石海岸从两侧环绕着几个美丽的渔村和沙滩。1941年2月1日，我们有幸游览了法国大陆最西端的拉兹角。几座小岛像岩石山那样从附近的海面伸出，给我们留下难忘的印象。

偶尔会有房子那么高的海浪滚滚而来。岩石上的裂隙吸引了我的目光，我很想爬过去一探究竟。钻入裂隙后，我在快到尽头处看见某种植形的动物（可能是海葵）

攀附在岩石床上。这是我第一次见到大海，我掏出折叠刀割下几株植物，刚把它们放入背包就听见帕特在上面焦急地喊我。我这才觉察到巨浪朝这里涌来，赶紧做出应对，手脚紧贴岩石地面，后背死死抵住洞穴顶部。海浪冲了过来，但力度不够，没能把我卷走。承受了第二波海浪后，我像猿猴那样爬到安全处，恐惧感促使我加快了步伐。我们找到个孤零零的小石屋，我在壁炉前烘干了身子。

到达坎佩尔没几天，我们就获得了"前线津贴"，每天42法郎。领取津贴后没多久，维尔纳又跑来了，问谁愿意借给他10马克。我们不明白他为什么要借钱，于是他把我们这群报务员领到花园街4号一处地方。我们这些年轻人是第一次去"风月场所"，我不得不承认，这让我这个质朴的苏台德小伙大开眼界。

入口处一位女士操作着啤酒唧筒，我们在昏暗的光线下找了张角落处的桌子，从这里能看到屋内各种情形。烟雾缭绕，空气中充斥着浓浓的烟味和香水味。一群群客人来自托特组织和陆军各兵种，以及海军。我们看见一个姑娘只穿网眼蕾丝袜，表演着极具挑逗性的舞蹈。在场的女士有时候会自行选择目标："喂，当兵的，过来！"

我们桌上的弗里茨·克施就这样被她们"俘获"了，所以在我们离开这里时，他留了下来。来这里找乐子的大多是想换换口味的已婚"老"男人。而我们这些年轻人脸皮薄或胆子太小，没敢尝试，当然，我可不是说自己是个卫道士。

我们在巴黎咖啡馆见到了漂亮、友好的女招待，这里还有个三人小乐队，而我们的摩托车传令兵赖因霍尔德·金德经常用手风琴与他们合奏。德国、英国、美国的流行歌曲在这里都很受欢迎。餐厅会在晚上10点清场，之后专供军官享用，这是条不成文的规定。我们倒觉得无所谓，用不着和旁人打交道，喝杯咖啡或啤酒就心满意足了。赖因霍尔德来自莱茵兰，是个很有天分的爵士乐手，父母很有钱，他又是家里的独子。对苏战争期间，他的音乐带给我们很多乐趣。虽然他通过了高级中学的毕业考试，完全有资格当军官，可他宁愿在我们团部当摩托车传令兵。1943年，由于伤亡的军官太多，上级把赖因霍尔德擢升为军官，并让他在见习期间率领一个步兵连，但据说他在某次战斗中失踪了，我们后来再没得到过他的消息。

1940年的圣诞节我没在家，这还是第一次。当天下午快到4点时，我们列队走向庄严的坎佩尔大教堂，参加各教派军队牧师主持的室外宗教仪式。在描述我们的圣诞庆典前，我想说说舒马赫中士。尽管他身材瘦削，但出乎所有人意料的是，他是个干劲十足、意志坚定的军人。就连他当初还是二等兵的时候就认识的那些老兵也对他尊敬有加。要是在镇内遇到他，我们会马上把右手举到军帽旁敬礼，他也会以同样的方式回礼，动作绝不会像其他上级那般随随便便（在德国国防军里，遇到级别比自己高的人必须敬礼，而不仅仅是向军官敬礼）。

有一次，他和一等兵斯卡姆布拉克斯率领我们展开野外演练，我们必须在战斗状况下组装多拉2型电台。舒马赫完成这项任务的娴熟劲儿让我们大开眼界，更令我们惊讶的是，在遭遇"火力打击"时，他和我们一同匍匐在泥地里。他从来不要求我们去做他自己都不想做的事，他希望凡事都以身则则，而且他确实做到了这一点。

1940年的圣诞晚餐结束后，帕特·瓦赫诺夫斯基很快就要在无人伴奏的情况下，独自用小提琴演奏《平安夜》。他练过多年小提琴，演奏这首曲子应该没什么难度。我们坐在圣诞树旁等待着，帕特用下巴夹住小提琴，可他的勇气随即消失了。他把这首圣诞颂歌拉得一塌糊涂，我们差点要哄堂大笑，可舒马赫中士不露声色，自始至终面无表情地坐在那里，仿佛在聆听贝多芬《第五交响曲》。帕特面红耳赤，舒马赫感谢了他的演奏，还说了几句圣诞致辞，依然面无表情。

我对1940年圣诞庆典的另一个记忆，是我们用罐子和水桶从战地厨房打来热乎乎的红葡萄酒。后勤人员朝我们喊了什么，我一句也听不懂。他们入伍前都是东普鲁士的农民，说一口他们自己的方言。起初听到这种方言，我以为他们是佛兰芒人或荷兰人，肯定不是德国人，过了几个月乃至几年，我才渐渐听懂了他们的话。

那天晚上，我们躺在床上聊天，维利·格尔克走入我们的宿舍。他喝多了，祖露心声时，泪水从其面颊滚滚滑落，他说："同志们，情况会变得很糟糕的。"他指的是入侵英国，这场进攻现在已推迟到1941年。我们团在今年夏天参加了用渔船作为道具的登船演练。维利不是酒后胡言乱语，而是打心底里担心日后的情况。拉普雷格中尉在简短出席我们的圣诞庆典时是怎么说的？"1941年时我们会被赋予重要的任务，我们会为此而感到高兴的，因为届时我们能学到些经验。"拉普雷格是团副官，他的外表和举止与某些宣传片里展现的军官形象如出一辙。

维利·格尔克有种预感，圣诞节过后他活不了多久。当然，我们当时根本不知道苏联是列入日程的下一个进攻目标，直到入侵当天我们才恍然大悟。1941年2月初，我们列队赶往火车站，登上牛棚车，完全不清楚要去哪里。几天后我们听到命令——"拉比奥到了，下车！"是拉比奥火车站站长的声音，听上去一点也不像法语。我们原本挤在牛棚车里还挺暖和的，现在却不得不离开车厢，进入东普鲁士的酷寒之中。

在东普鲁士

我们到达东普鲁士时适逢隆冬。深达半米的积雪覆盖了地面，凛冽的寒风掠过田野和各条道路。我们缩着脑袋，吃力地朝大沙尔拉克跋涉，这座农庄距离拉比奥6千米左右。分配给我们的宿舍在农庄里的一所小学校里。命运的变化令我们失望至极。带着怀念之情，我们想起布列塔尼温暖的气候、略带暖意的大雨滴、带有壁炉的旅馆房间。购物和其他乐趣一去不复返了。

农庄约有2000英亩（约8平方千米）土地，建有十几座低矮的小屋和马厩。看来我们得在这里安家一段时间了。四下里几乎见不到人，但我们不知道，当地人正躲在窗帘后窥探着我们。

几天后，我们在村里的泉水旁洗涤炊事用具，一个身材矮小、肩膀挺宽的男人凑过来搭讪："我听说你们这些当兵的喜欢烤土豆。"我们热切地点头，承认他没说错，于是他开始自我介绍，说他是个园丁，名叫维特，还指指自己的小屋，邀请我们去做客。屋子很小，但令人惊讶的是，我们都能找到坐的地方。一个又大又深的海碗装满脆的烤土豆，正等着我们品尝。我们大快朵颐，我觉得坎佩尔女子寄宿学校供应的法国大餐，味道也没好到哪里去！身材矮小、胖乎乎的维特夫人原先是农庄的厨子，后来经常请我们领略她的厨艺。接下来的周日，我们这群报务员应邀品尝了"闪电泡芙"。全排人员认为不能心安理得地接受当地人的热情好客，于是每人捐出了20马克——维特夫妇和所有农场工人一样，手里没太多现金。

这是我们首次同这片土地上"沉默寡言的"东普鲁士人打交道。园丁维特还为我们的闲暇时间安排了娱乐活动，他清理了一个波纹白铁皮结构的温室（大约有60平方米），并将之改造成了舞厅。音乐问题也解决了，维尔纳有手风琴，我有吉他，当地一个15岁左右的小伙也带着口琴加入了我们这支小乐队。我们给舞厅起名为"韦尔布莱希咖啡馆"，它给我们和当地人带来了许多乐趣。我们与淳朴的当地人打交道时，从不勉强对方，彼此的言行举止都很得体。舒马赫中士在此期间已被擢升为少尉，他提醒我们，不要仗着自己老于世故把当地姑娘哄得晕头转向，这种做法毫无必要，因为靠我们的本性和教养完全能保持恰当的礼仪。

1941年4月初，我们在大沙尔拉克的悠闲日子结束了。局势看上去越来越严重，于是我把自己的吉他作为礼物送给维特的女儿，这个小姑娘长了张娃娃脸。后来传言四起，据说俄国人会敞开通道，让我们直奔波斯，从那里打击英国人。

在我们离开的前一天晚上，农庄庄主用烤土豆和香肠招待了我们，以"盛大"的晚宴为我们送行。但园丁维特愤怒不已，骂他是吝啬鬼，还说了些诸如此类的难听话，就连他女儿都惊呼"爸爸"，并试图阻止他。于是庄主又为晚宴增添了更多美味佳肴。次日傍晚我们列队出发，村里的年轻人和老人陪着我们走了一程，并在道别时说了很多祝福的话。一切尽在不言中。

我们朝东北方彻夜跋涉。我很喜欢夜间行军，走上几个钟头也没问题，特别是因为月光下冷杉树林的剪影频频出现在我们身旁，实在是趣味盎然。四下里寂静无声，安静得令人惬意！我们出发时唱的军歌逐渐平息，稳定而又沉重的步伐恢复成一致的步调。单调的步伐和身体动作更易于行军，也更节省体力。我们什么都不想，甚至不再刻意感知行军时身体发出的声音。身后几匹灰色的重型挽马拖着载有电台的大车，马匹不时喷出响鼻，把我们拉回现实，也让我们感受到它们"牢不可破的忠诚"。值得为这些勇敢的马儿单独写上一章，和那些真正的战友一样，它们也遭受了各种艰难困苦，并付出了牺牲。

我们在席伦停留了几天，又一次在野外模拟的作战状况下演练了电报通信。我被分配到二级下士布鲁诺·保克施塔特率领的分队。无论他带我们去哪里，总能找到有卖酒执照的商店或药房。他喜欢让我们喝点杜松子酒。我们发觉他是个性情温和、通情达理的人，很有人情味。他对许多新兵教官坑蒙拐骗的手段厌恶至极，"待人宽容，如待己"是他的座右铭。

1941年4月8日，我在席伦度过了21岁生日。当天我休假，去了集市一家旅馆喝了杯香梨利口酒，庆祝了自己的生日。我还给父母写了封信，感谢他们多年来为我做的一切，我现在成年了，完全可以独立自主，或者说我是这么认为的。实际上，在现在和日后的几年里，我总是服从别人的意志。军事训练只会教我们无条件服从，从不考虑个人的情感和想法，除此之外还有其他的吗？

服役时间较长的教官升任二级下士。他们入伍前也许从事手工贸易，也可能一无所长，现在却对全国各地有高级中学毕业文凭或类似学历的新兵颐指气使，他们很喜欢这种感觉。在这里，我想说说来自蒂尔西特的二级下士扎勒克尔，他是我们的教官，后来几年，他为确定团信号排的作风发挥了作用。我们以前与他接触得不多，他的绰号叫"胖子"，可要是他毫无正当理由地激怒、欺负或逼迫我们，我们就会骂他是"肥猪"。我从来没有这样称呼过他，因为我用不着忍受他的胡言乱语。他挺有幽默感，就是喜欢吹毛求疵。每次他这样对我，我就用讽刺的话语反唇相讥，他倒不生气，只是尴尬地咧嘴笑笑。

1941 年 4 月 20 日，我们师利用蒂尔西特的露易丝王后桥渡过梅梅尔河。我当时并不知道，自己已从日后将成为我妻子的那个姑娘家门口走过。此次行军让我对一个师究竟有多少人首次有了直观印象。师里的步兵人数不难计算，但不是所有人员都会跟随他们一同行动。由于春季化冻，梅梅尔河的河水淹没了岸堤。我们列队进入获得"解放"的德国领土——梅梅尔领地。[1] 我入伍后曾多次经历行军，但就属这次持续的时间最长，我们整整跋涉了 60 多千米。第二天早上，我们终于到达市长为我们安排的营房，一个个都累得筋疲力尽，还好我脚上没起水泡。

我们排在马特齐根庄园以一所小小的学校作为宿舍。海德克鲁格就在附近，我之所以记得这个名字，不仅仅因为我很爱读苏德尔曼激动人心的故事，还因为有一次不愉快经历。当初在法国，我喝了太多马爹利白兰地，到现在都受不了那股味儿。在海德克鲁格，我对杜松子酒产生了极大的兴趣。海因茨拼命灌我酒，回营房的途中，我醉得像头猪，甚至更加不堪。但此次醉酒未尝不是件好事，我这辈子再也没有傻乎乎地喝醉过，因为我好歹知道自己的酒量了。

我对海德克鲁格当然也有美好的记忆。对苏战争开始前，团里安排汽轮载我们去库罗尼安沙嘴，让大家领略梅梅尔领地朴实无华的原始海岸那秀美的风光。汽轮驶过潟湖朝尼登而去，那里有巨大的沙丘和"寂静谷"，长长的沙嘴一侧就是波罗的海。不难想象这是个多么棒的度假胜地，沙滩、阳光、海水、蓝天、山松，一切都显得那么宁静祥和。

后来，师里接到向前推进的命令。我们缓缓向北，朝边界而去，而且只在夜间行军。梅梅尔东面，边境地区的各条道路被精心伪装，以免日后的敌人发现德国军队的动向。

舒马赫少尉离开我们，被调到罗赫上尉的第 3 营任参谋。这项工作可不容易，但舒马赫顺利通过了培训。接替他担任我们排排长的是瓦尔特·胡巴奇博士少尉。[1] 其实，胡巴奇少尉原先就当过团信号排排长。在提到他的名字时，排里的老兵一个个肃然起敬。对苏战争爆发前，我们还有几周时间来了解他。胡巴奇少尉个头中等，身材瘦削，很有军人风度。他不苟言笑，是个意志坚定、要求严格的长官。

我没能立即得到他的认可。排里组织关于部队技术装备的培训，胡巴奇少尉问大家，最适合我们这项工作的车辆是什么。我是排里唯一举手回答的人，我傻乎乎地答道："马拉大车！"排长原本满怀期待地看着我，在听到我的回答后，他的脸色突然沉了下来。战友的哄笑声还没平息，胡巴奇少尉就吼道："好吧，我们都挤到一辆大车上，然后驾车出发。"我真没觉得自己答错了。当然，德国陆军没有正式配备马拉大车，只有制式勤务车辆，太可惜了！日后的战事证明，我们沉重的钢板车辆根本不适合俄国路况恶劣的小径和道路——特别是在泥泞期。在对苏战争期间，我们就不得不使用马拉大车，至少在部分情况下是这样。

巴巴罗萨战役开始前那几天值得说说。关于德国军队接下来要做什么，所有人都不再抱有疑问。团部摊开有立陶宛、拉脱维亚、爱沙尼亚的地图，而那里就是我们的作战地域。基亚乌施中士给我们看了陆军的情报通报，上面用图片的形式说明了苏联落后过时的武器装备——这些武器都是芬兰人先前缴获的。他补充道："我们会让他们大吃一惊！"可事实很快证明，大吃一惊的是我们，因为他们的新式武器很棒，甚至比我们的更好（例如 T-34 坦克），更别说他们还有许多威力强大的新式枪炮了。德军官兵不得不面对敌人的数量和某些技术优势，所以我们总是冒着生命危险浴血奋战。

在边界附近一条小河的桥上，工兵排一名年长的士兵双臂拄着桥栏，盯着下方的河水。我走过去站到他身旁，看着从另一侧顺流而下的一根根树干，随口说道："俄国人还在运木材。"

"呵呵，同志，要是停运这些树干的话，很多人会失眠的！"他这句话令我深感不安。

次日傍晚，也就是 1941 年 6 月 21 日，来自克兰茨的牙医潘科夫上尉命令团

---

① 译者注：胡巴奇战后成为著名的历史学家，写过《第61步兵师师史》，国内曾出版过他的《希特勒战争密令》。

部直属连列队，还派了哨兵站岗。随后，他宣读了最新的元首令："数月来我一直焦虑万分，但不得不保持沉默，现在我终于可以对你们开诚布公了，我的将士们……你们即将投身一场艰苦卓绝而又责任重大的斗争。欧洲的命运，德意志帝国的未来，我们民族的生存，现在完全掌握在你们手中……"他表示，我们身处"历史上最伟大的战线"……潘科夫上尉告诉我们，想写信回家的话赶紧动笔，因为接下来几天就没时间了。

为应对即将到来的战役，团信号排被分拆了。我作为第二报务员，和特奥·勒斯勒尔分为一组。眼下没时间睡觉，午夜时，我和他赶往第3营集中地域。一名农妇为营部军官做了煎鸡蛋。这种时候大家怎么能吃得下去？我的胃沉甸甸的，就像塞了铅块。当地的平民百姓背着随身物品，被迫离开了作战地域和他们的家园。

注解

1. 梅梅尔领地位于梅梅尔河畔，第一次世界大战结束前一直是东普鲁士领土，但在1919年被《凡尔赛和约》分割。1923年1月，立陶宛占领了该地区。希特勒掌权后对立陶宛施加压力，1939年3月22日，两国缔结条约，立陶宛"自愿"把梅梅尔移交给德国。没等条约正式签署，希特勒就乘坐"德意志"号袖珍战列舰来到梅梅尔，视察了这座城市，还发表了简短的讲话。

1919 年的《凡尔赛和约》让德国丧失了梅梅尔领地。
1939 年 3 月 22 日，根据德国强加给立陶宛的条约，
这片地区又重新并入德国。这是在希特勒的统治下，
德国最后一次兵不血刃地"收回"原先的领土。

位于蒂尔西特的露易丝王后桥，桥背后的就是梅梅尔领地。

库里施潟湖传统的木制平底附帆舟。这些独木舟两条一组，共同拖动一张渔网捕鱼。

位于库里施沙嘴（库罗尼安沙嘴）的尼登，这座由陆地和沙丘构成的半岛长 98 千米，它隔开了库里施潟湖（库罗尼安潟湖）与波罗的海。这张照片拍摄于婆婆山。战前，这座山（高地）因著名作家托马斯·曼在山上建造的房屋而闻名。

波兰占领区的苏瓦乌基市场。该市场会定期销售来自边远农场的农产品。

露易丝王后桥附近。这张照片大概摄于
1941 年。

位于东普鲁士梅梅尔河畔的蒂尔西特。这
张照片是在露易丝王后桥上拍摄的。

梅梅尔地区的沙面小径。

梅梅尔地区典型的联排房屋。梅梅尔就是现在的克莱佩达，是立陶宛的领土。

巴巴罗萨——立陶宛

第二章

1939 年 8 月 23 日在莫斯科签署的《莫洛托夫—里宾特洛甫条约》，以及 1939 年 9 月 28 日修订后的《边界友好条约》，都包含着秘密协议——立陶宛、拉脱维亚、爱沙尼亚被纳入苏联。1940 年 6 月 15 日，苏联人进入立陶宛，并于次日进入拉脱维亚和爱沙尼亚。巴巴罗萨战役开始时，这三个波罗的海国家仍归属于苏联。

1941 年 6 月 22 日清晨 3 点 15 分，我们的炮兵开火了。伴随炮火的轰鸣声，灰蒙蒙的拂晓到来。恐惧感油然而起，我浑身是汗，胃部抽搐，但竭力不表现出畏惧之情。毫无疑问，其他人也是如此，不是每个人生下来就是英雄。现在没时间悲天悯人了，没过 10 分钟，我们就带着装备跟随营部出发了。

雪上加霜的是，身上的负重压得我喘不过气来，背包里除了重达 17 千克的电台箱，还有防毒面具、钢盔、堑壕铲和卡宾枪，这些装备让我步履维艰。每迈出一步，我携带的阿克发 - 伊索莱特折叠相机就来回摆动。我和勒斯勒尔带着这些装备，沿晨雾下的田地穿过立陶宛的原野。这里没有道路，也没有坚实的小径。敌人射来的第一批子弹在我耳边嗖嗖作响，我不由得缩了缩脑袋——其实这个动作毫无意义，因为没人能躲过子弹。

这时，我注意到了营长的"创意"。他没有跟在先遣部队身后半千米处，而是身处最前沿的中央地段。他对其他指挥官的领导方式不感兴趣，只想亲自了解在前线发生的情况。他的进攻部署如下：最前方是扫雷组，然后是排成散兵线的一个步兵排，营部位于他们中间，我和勒斯勒尔跟随营部一同行动。我们背着沉重的电台箱，在战斗中派不上任何用场。

战役首日，我就发觉多拉 2 型电台设计得不尽如人意。[1] 背负电台的报务员，身体和精神都受到了实实在在的磨炼。虽然这套设备的最大传输距离为 14 千米，但只能在海上、平地或平原上实现，而且前提是使用莫尔斯电键。如果将这套设备当成步话机使用的话，其最大传输距离就只有 3 千米。命令来了："团报务员来我这里！发电，'已越过 XY 线，敌军抵抗较弱，继续朝 Z 方向攻击前进。'你们要确保尽快联系上团部。我们朝那个方向前进，必要的话，我会在平原尽头留个传令兵，让他给你们带路。"

我们立即给电文编码，并很快联系上了团部，得知他们还没变更位置。待对方确认收悉，我们就赶紧收起电台箱，以免与前方部队失去联系。我们得谨慎行事，因为敌狙击手正从树林里向外射击。我和勒斯勒尔开始寻找我们营在何处，其实只要朝战斗声响起的方向前进就能追上他们。

我们穿过这片地带，艰难地跋涉了几个钟头。清晨的薄雾早已消散，我们经过一座座燃烧的茅草屋和简陋的房屋。首轮曳光弹袭来，像引燃火绒那样点燃了这些房屋。屋子腾起的一股股黑烟标出我们的前进路径。我吃力地带着全套装备，喘着粗气追赶营部，差点没累死在战役首日。随后我听见上方传来非常熟悉的声音："啊，宣传连的施泰尼格尔，好样的！"舒马赫少尉面带微笑低头看着我，还祝我"拍点好照片"。可我累得要死，到现在连一张照片也没拍。所有人都看出我惊恐万状，舒马赫少尉还说我是宣传连的人，他是在挖苦我吗？

当天下午，我们终于到达一条路况良好的铺面道路，首批俄军俘虏也沿这条道路走来。俄国人用一两门122毫米火炮断断续续地轰击我方补给路线，四散飞溅的弹片嘤嘤作响。我记得父亲当初说过，只要一发炮弹在身旁炸开，你就完蛋了。我暗自思忖："爸爸，你说的没错！"

对苏战争首日，我已经把自己经受的战火洗礼甩在身后。整个战争期间，我始终对火炮敬畏有加。航空炸弹只有在飞机从空中投弹的时候才会落下，而且地面上的人员可以隐蔽，但火炮就不同了，炮弹在任何时候都可能呼啸袭来，在你站立的地方炸开，运气好的话，炮弹或许会落在100米开外，炸死炸伤其他人。根据火力袭来的方向，任何人都能感受到炮弹猛烈的碎片效应。

在战争中活下去需要运气，很好的运气。所以我成不了英雄，我对此心知肚明。我从没获得过铁十字勋章，但无所谓，我只希望自己的墓地上不要竖个木十字架，上面再顶个钢盔。我们再次停了下来，我累得筋疲力尽，倒在路边睡着了。当天傍晚我们重新返回了团部。

次日（1941年6月23日），由于需要休息，以便恢复体力，我们在伴随信号车的卡车上得到两个座位。尽管俄国人不断加强各阻击地段的抵抗，但我们团毫不停顿地向前推进。维尔纳·察恩显然很享受眼下的状况。"后撤中的俄国人都是杰出的战术家，第一次世界大战期间他们就是个中高手。"每次我们不得不在敌人巧妙构建的阻击阵地眼皮下通过时，他都会提醒我们，英勇的步兵必须去占领敌军阵地。接下来几天，我们几乎没抓获任何俘虏，我方车辆只是偶尔遇到抛锚的卡车或履带式车辆——这些车辆会被拖往后方进行检修。俄国人实施阻滞战术的秘诀是"摩托化"——他们会迅速脱离战斗，并利用机动车辆后撤，以此争取时间转移到在后方构建的支撑点。这种做法还有另一个好处，他们可以把获得充分休整的士兵投入到防御作战中。

对苏战争第二天，我们的辎重队经常陷入停顿。敌军炮火沿我方前进道路袭来。我和基亚乌施中士待在路边，我坐在他身旁。远处传来沉闷的炮声，几乎就在这一瞬，中士一把把我推入路边的沟里，及时避开了呼啸的弹片，炮弹在距离我们不到4米处炸开。这些老兵很有经验，他们经常根据炮弹呼啸声来判断落点的远近。基亚乌施中士说道："没错，年轻人，敌人开火时，您得把头低下。"他救了我的命，否则我很可能非死即伤。

俄国人抵抗得越来越坚决。我们的辎重队落在后面，为等待他们赶上来，最前方的步兵被耽误了很长时间。我听一名老兵说："这里的战斗比当初在法国艰巨得多。"重机枪异乎寻常的长连发告诉我们，几个先遣步兵连的处境并不轻松。战役头几天，我们就在战斗中损失了首位军官——工兵排排长克拉根少尉。他是当初魏玛10万防卫军中的一员，待人和善，我们经常看见他骑一匹黑马。

我想就这个问题说几句，以我的经历看，我认识的团里的军官，毫无疑问个个都是堪称典范的军人。整个战时服役期间，我记得只有一名军官躲入狭长的掩壕，所有人都能看出，他只想求生。我喜欢他，但出于显而易见的原因，陆军不可能继续任用这样的军官。除了他，我想不起有哪个德国军官流露出畏惧或怯懦的神情，哪怕是一秒钟。我对当时步兵部队的军官抱有最大的敬意，他们既是上级，也是我们这些普通士兵的战友，在任何情况下总是以身作则。他们负责各自的作战地段。敌人炮击我方阵地时，他们没有躲入战壕，而是密切留意整片地段的情况，以便在必要时采取反制措施。因此，步兵部队军官的伤亡率高得异乎寻常。

6月24日傍晚，我们准备在皮埃宰南面一片支离破碎的林地和草甸上过夜。就在这时，我们听见不远处传来重型引擎的轰鸣声——毫无疑问是坦克发出的。有口头命令传达下来，我们得挖掘散兵坑，做好防护。隆隆的引擎声是个警告，倘若敌坦克扑来，就会在开阔地逮住我们。俄国人把一个坦克师投入了战斗，而我们却没有一辆坦克，37毫米反坦克炮倒有不少。

接下来两天，我们发现保持镇定、铁一般的纪律、坚定的战斗意志完全能做到。淡紫色烟雾白天出现得越来越频繁——这是提醒我们敌坦克出现了——命令随后沿队列向后传递："反坦克炮手去前面！"辎重队的车辆让开道路左侧，好让反坦克炮和炮手赶往前方。接下来三天，第14连①和第161反坦克营辖内分队打得非常英勇。

毫不夸张地说，俄国人的坦克遭到了猎杀。我们的37毫米反坦克炮通常会沿敌军后撤道路前出到两侧稍高处，占据发射阵地，待敌坦克进入射程就开炮射击。幸运的是，我方反坦克炮要对付的仅仅是敌人的T-26坦克。[2]

不算空心装药地雷的话，我们当时对后来使用的反坦克近战武器一无所知。尽管如此，我们在战役首日还是击毁了20多辆敌坦克。这仅仅是个前奏。我不知道全师的总体情况，但我们团被迫设立环形防御，团部人员也紧张不安，由此推断，"困难的局面"已发展成"危机"。工兵和骑兵排被重新召集起来担任步兵预备队。潘科夫上尉说道："小伙子们，动手吧，把弹药送到前方。"我从他的话里听出，我们遇到麻烦了。最后，在师属炮兵全力支援下，我们得以继续攻往皮埃宰。随着夜幕降临，我们朝前方而去。

夜晚到来后，反坦克炮火与敌坦克射出的曳光弹混杂在一起，相关报告枯燥无比，但整个战斗场面却令人激动不已。这不是战争电影，而是件极为严肃的事，许多人会丧生。激战持续了一整夜。我们两个报务员待在货栈里，旁边堆放着一箱箱立陶宛伏特加。第二天早上，也就是6月27日，我们团继续前进。在经过损毁的敌坦克残骸时，我朝一两辆坦克里看了看。阵亡的人坐在车内，身体前倾，撕破的军装浸满鲜血，他们一个个脸色蜡黄，脸上的血迹已凝结，胳膊和双手垂放在两侧。他们的眼睛或闭着，或凝视着无尽的虚空。我安静下来，陷入沉思。我们牺牲了多少人？他们也是这样，还是更糟糕？我们还没见到德军阵亡者，因为只要有可能，他们的遗体就会被迅速运走。

道路左侧某个村庄出口发生的事情，给我留下的印象特别深。一辆敌坦克冲向我方一门反坦克炮，并碾碎了火炮防盾，可没过一秒钟就被击毁了。很明显，反坦克炮弹穿过坦克底盘向上射入了坦克内。我方炮手是否在遭遇战中幸免于难，我就不得而知了。

这三天，俄国人在皮埃宰周围损失了30多辆坦克。我们团第14连的二等兵海

___

① 译者注：德军步兵团的第13连、14连通常是重武器连。

因策，在20分钟内击毁了10辆敌坦克。看来我们团过于冒险，向前推进得太远，结果被俄国人的坦克营打得措手不及。年长的梅尔策上校 [①] 和他的副官不得不爬过一片麦地，这才逃离危险地带。天气很热，上校擦着额头的汗水，讯问着由部下押来的一名俘虏。俘虏称上校为 "Tovarisch Kommandant"（指挥员同志），上校不由得问副官："这是尊称还是骂人？"

次日，我们朝立陶宛—拉脱维亚边界进军，继续赶往里加区的米陶方向。我们在途中见到一片战场，很明显，德国空军突然对后撤中的对方 T-26 坦克师残部发起打击，一举消灭了这股敌军。早上我们就清楚地听到远处传来航空炸弹的爆炸声，现在则是见到了空袭结果。道路左右两侧和毗邻的草地上，坦克残骸随处可见，后撤中的敌坦克企图排成星形编队逃离，但没能如愿，德国战机投下的炸弹消灭了它们。一辆辆坦克之间，停着敌人损毁的补给车辆和许多阵亡的人。十字路口的土堆上，一个死去的人面朝下趴在地上，双腿张开，角度非常奇怪。他的半个脑袋不见了，只剩舌头和下颌骨，干涸的血液把他的韧带和肌肉黏在一起。炸弹弹片可能把他的半个脑袋抛入附近的黑麦地。他死得很英勇，看上去就是这样。1941 年 6 月 28 日或 29 日，一块石碑表明我们到达了拉脱维亚边界。

---

① 译者注：瓦尔特·梅尔策上校是第61步兵师第151步兵团团长。

注解

1. 多拉 2 型电台是 Torn. Fu. d-2 便携式高频 / 甚高频收发机，是一款常见的步兵装备。在移动中使用时，一人携带收发机，另一人携带电池和话筒。相关设备以电缆连接。每个背包高 31 厘米、宽 36 厘米、深 17 厘米，电台包重 16 千克，电池包重 17 千克。

2. 1941 年，俄军坦克部队主要配备 T-26 轻型步兵坦克。当时，这款坦克已过时。T-26 战斗全重 10.5 吨，装有一门 45 毫米火炮，乘员 3 人。

1941 年春季，第 61 步兵师的一支部队接到了命令。

策马穿过梅梅尔的军人。中间的军官是第 162 步兵团第 1 营营长戈特弗里德·韦伯少校。

梅梅尔港的码头上停泊着两艘德国海军的扫雷舰。

1941 年春季演习期间，德军官兵在路边休息。

第 162 步兵团的一个连列队正在接受检阅。

第 162 步兵团的几名士兵在苏瓦乌基（波兰）的犹太会堂前合影，会堂的玻璃已被砸碎。

一名德国士兵在苏瓦乌基（波兰），此处靠近波兰与立陶宛交界处。

巴巴罗萨——拉脱维亚和爱沙尼亚

第三章

1941年6月28日或29日，我们跨过边界进入拉脱维亚。毫不夸张地说，这片地区得到了悉心照料，各处都很整洁，农田也被开垦得井然有序。我们先前在立陶宛见到当地农民住的是脏兮兮的泥屋，而这里都是漂亮的木屋。麦田里没有杂草，麦子长势喜人。要说此处给我们一种家的感觉，相信没人会反对，所以我们士气很高。当地居民热情地迎接我们，把我们视为解放者。1

我们跟随第1军先遣部队赶往里加方向，在米陶路过俄军一座军用机场，此处已被德军占领，俄国人的战斗机"老鼠"① 奋战到最后一刻——这些银色的战机很灵活，但航速太慢。我们师部继续赶往"东方巴黎"里加，在靠近迪纳河河岸处设立了指挥所。虽说河上的桥梁已被炸毁，但德军先遣部队在对岸夺得立足地，还设立了登陆场。不过，我们的喜悦之情没能保持太久。辎重队不得不停在距离拉脱维亚首都10千米左右的地方——道路两侧的激战声听得清清楚楚，特别是沼泽林地，那里不仅有敌军步兵，炮火也很猛烈。

道路右侧，德军火炮悉数开火。约一个团的俄国人分散在各处，挡住我们进入里加的道路。为消灭这些敌人，我们付出了高昂的代价。俄国人截断了我们师部与部队之间的联系，但我方部队随后包围了这股敌军。

1941年7月1日傍晚，我们进入里加。这里早些时候下过雨，但此时天色晴朗。我们乘坐突击舟渡过迪纳河，来到北部城区。岸边一座座高楼原本很宏伟，但现在已被烧毁，只剩下空荡荡的废墟。桥梁被炸断，残存的部分停着3—4辆德军装甲侦察车和轻型坦克——在这些战车即将到达对岸时，敌人突然引爆了桥梁。登陆场内摆放着俄军炮兵连遗弃的重型高射炮，一根根长长的炮管指向天空。一门高射炮的炮口制退器里塞了个布娃娃，可能是拉脱维亚民兵干的。我们见到过不少民兵队伍，都是原先的拉脱维亚陆军士兵和民众自发组建的，他们在解放的里加城内以自己的方式恢复秩序。我们这群报务员住在一名拉脱维亚犹太人的大公寓里，他似乎病了，一直躺在客厅硕大的皮质扶手椅上。有时候他想跟我们谈谈政治话题，可我们觉得这毫无意义，宁可把待在里加的两天时间用于游览市区。

里加看上去就像一座德国城市。我觉得排长肯定会满怀欣喜，他喜欢近距离审

① 译者注：伊-16歼击机。

66

视所有历史悠久的德国建筑，例如建于 1209 年的圣彼得大教堂，以及古老得可以追溯到 14 世纪的黑头宫。团信号排全体报务员去酒店享受了鱼子酱夹面包。这是我这辈子首次品尝鱼子酱，也是最后一次，因为为满足口腹之欲而支付的金钱未免太多了。返回住处的途中，我在街上看见一些脖子上戴着锁链的人被带走。我不知道他们是什么人，但德军士兵没有参与抓捕。我现在明白我们的房东担心些什么了，他肯定很怕自己也落得同样的下场。

次日，也就是 1941 年 7 月 4 日，我们动身赶往东北方，一路上都没遇到抵抗。我们穿过塞格沃尔德和沃尔玛，跨过爱沙尼亚边界进入瓦尔克和费林——就连敌机也没滋扰我们。由于酷热难耐，我们在途中不时停下，找个农舍喝水解渴。清凉的井水很宝贵，因为大多数水井都被投了毒。所以我们更喜欢当地农妇提供的牛奶，她们把装有牛奶的大罐吊在水井里。冰凉的牛奶让人神清气爽，大热天喝上一杯再好不过了，但有些人无福消受，军医说冰冻饮料容易引发肠炎。

我们在这几天不停地行军，尽管气温高达 40 摄氏度，跋涉的路程也很长，但大家的情绪很振奋，因为我们没遇到抵抗，夜间也能安安稳稳地睡个好觉。当地人对我们很友善。某天我们找到把俄罗斯七弦吉他，在去掉一根琴弦后，我们就在行军期间用这把乐器演奏。某个下午，我们一边唱着《海德玛丽》一边行军时，团长的大众桶式车追了上来，并在从我们队伍旁驶过时放缓了车速。

"信号排，你们好！"

"上校先生，您好！"我们齐声喊道。梅尔策上校高兴地笑了，显然对信号兵高昂的士气深感满意。

负责铺设、拆除线缆的电话兵没跟上我们。报务组里的两个人，都得 24 小时待命，负责编码解码的第二名组员不可或缺。要是排长需要发送或接收营长和营副官传达的电文，我们还得坐在电台旁值班。信号排排长经常把布线工作交给营里的人来做，好让过于疲劳的报务员睡上几个钟头。几名营长也很愿意使用野战电话。

我们这些报务员在第 1、第 2 营总是受到欢迎，信号兵上士席尔瓦和罗伊特待人和善，彬彬有礼，所以我们在那里总是有宾至如归感。第 3 营营长喜欢用电话讨论情况，因此非常依赖野战电话。发送电报必须使用简练的语句，他显然没找到准确概括情况的窍门。我们都不爱去第 3 营，那里似乎更接近死亡，给我们的感受很不好，但好在其他营都不像这样。之所以有这种印象，不仅因为第 3 营的领导方式加剧了我们面临的风险，营长对我们态度冷淡也是个重要因素。他对电话班友善得多。

作为信号兵，我们经常接触几名营长，所以知道些普通士兵通常不了解的情况。进军期间，我经常待在第1营，后来在据守沃尔霍夫阵地时，我又待在第2营。我们都很敬佩第1营营长布德尼克少校，他从不把部下贸然投入危险境地，他给几名连长下达命令时，总是细心提醒他们："措内维茨（或圣保罗），小心点，我们不知道那片林地里有什么。"两名连长显然也把少校的话铭记在心。全营官兵都觉得营长不会让他们白白送命，要知道，军士和士兵对这种事的嗅觉很敏锐。

在爱沙尼亚首都雷瓦尔附近，我们再次见到——更准确地说是听到另一场不太冷静的交谈。营部设在灯塔内，这里成了敌人海军舰炮的目标，可无论他们的炮击多么频繁，始终没有命中目标。随后我方战斗部队弃船登岸，而且几乎可以肯定，行动很快会取得胜利，出于这个原因，就连营部人员也举起酒瓶庆祝了。此时是傍晚。前线某个连长在战斗中惊慌失措（我在前文提到过他）。我们听见布德尼克少校一反常态，大声吼叫起来，我们这些报务员待在隔壁房间里，听得清清楚楚。我们听见他骂道："先生，我的营没您这号人，您是情场高手，就是个花花公子！"我不知道少校后来说了些什么，海因茨·席曼斯基无疑了解得更多。我之所以提起这件事，是为了强调布德尼克少校在任何时候都表现得正直无私。

不接触敌人的日子结束了，因为我们必须继续前进。我们到达了费林镇。该镇早些时候曾遭到德国空军空袭，随后被我方部队占领。镇内的利口酒厂没遭到破坏，所以仍在营业。此时1帝国马克可以兑换10卢布。我们在这里购物，既是第一次也是最后一次，因为从这一刻起，战事变得越来越激烈。

我们对总体局势不太了解，只知道先遣部队被敌人击退。我们没有足够的步兵力量来对付前方的俄军摩托化部队。

和拉脱维亚人一样，爱沙尼亚人挥舞着蓝黑白三色国旗迎接我们。爱沙尼亚志愿者组建了辅助部队——由爱沙尼亚军官指挥，接受一名德国军官监督。他们执行的特殊任务需要会说本国语言，例如设立埋伏、消灭掉队的俄军散兵游勇等。

爱沙尼亚是多山地貌，地形比拉脱维亚崎岖得多，因而也更美丽。我们在北部越来越多地见到冰河时期沉积下来的巨石，以及来自斯堪的纳维亚半岛的残迹。与拉脱维亚相比，我更喜欢爱沙尼亚。爱沙尼亚的海岸从芬兰湾递延到里加湾，战争后期我对这片海岸有了更多了解，加深了我对这个国家的好印象。

7月11日或12日前后，我们到达皮利斯特韦雷。米夏利克上尉率领团属骑兵排，奉命肃清我们一片麦田——敌人的下一道防线设在那里，就在靠珀尔特萨马这一侧。时至今日，我仍记得被漆成白色的皮利斯特韦雷教堂，我们的信号车就隐蔽在那里，因为我们团向前推进的整片地域，都在俄军炮兵的视野和射程内。这是我们首次遭遇敌军以这种方式集中起来的炮火打击。

我们在皮利斯特韦雷周边地区的前进道路上，遇到了先遣部队遭伏击的三辆卡车。我们在道路左侧树下的沟渠里找到惨遭杀害的车组人员，他们的尸体已腐烂。车组人员的钢盔和装备散落在周围。

我们现在明白这场战争的残酷无情了。亲眼看见的惨剧让我们坚信，要么赢得胜利，要么死在对方手里。作为前线军人，我们的命运并不重要，重要的是不能让国内民众遭受此类暴行。至于某些德国特别部队在波兰和苏联境内干出的暴行，那时我们基本上一无所知。

珀尔特萨马

皮埃宰交战结束后，我学会了抽烟。海因茨·席曼斯基和我奉命去第1营，在赶往营指挥所途中，我们一再被迫离开道路寻找隐蔽处，俄国人的重型火炮不断轰击着我方补给道路，几乎毫不停顿。在每轮弹幕射击的间隔，敌人弹道平直的76.2毫米火炮又不断射来烦人的炮火。这款武器令我们深感畏惧，因为没等你听到炮声，炮弹就已飞抵并炸开，让人根本来不及做出任何因应。俄国人甚至会用这款火炮轰击单个士兵。在这片地带列队行进的辎重队和战斗车辆、第13和第14连的士兵都遭受了伤亡。第14连的二等兵海因策，先前在皮埃宰没用20分钟就干掉10辆敌坦克，但他如今也阵亡在了此处。这就是军人的宿命！

我们瞅准机会跑到第1营报到，随后迅速挖掘了狭窄的掩壕，再覆上树干、树枝、草皮，以防弹片飞入。我们把电台放在脚下的掩壕里，只将天线露在外面。我们隐蔽在地下，听着敌人的炮弹从掩壕上方呼啸掠过，我们觉得安全多了。俄国人显然认为我们把营指挥所设在树林边缘，其实我们的营部位于黑麦地前方30米左右处。尽管如此，炮弹的嘶嘶声和剧烈的爆炸构成一场协奏，足以让人神经崩溃，锋利的弹片从炸点四散飞溅，非常危险，纷飞的弹片最终落入田地或嵌入树干。黑色的硝烟渐渐散去，要是没听见呼喊卫生员的声音，也许会让人安下心来，但经常发生的情况是，被炮弹击中的人再也无法呼救了。

我们周围的首个受害者是补给大车（这辆大车先前沿树林边缘的田间小径行驶），死去的马匹此刻就躺在我们狭窄的掩壕附近。高温导致马匹尸体肿胀不堪，伤口流出的液体散发出恶臭。谁都无法忘记这股尸臭的味道，而在不断前进的这几周，这种臭气不断出现！只有在最紧急的情况下，我和海因茨才会离开掩壕。腐烂的马尸后面，一个弹坑被我们充当厕所。我们不得不时刻留意电话线，因为电话线中断的话，我们就得启用电台了——确保营部与团里的联系，这就是我们的工作。

某天，海因茨递给我一包香烟，还对我说道："拿着，抽吧，它能让你平静下来。"此时我们这片地段正遭到俄军炮火轰击。接下来十天，我成了"老烟枪"。掩壕周围的泥土里，撤灭的烟蒂随处可见，充分说明我们的神经紧张到了怎样的程度……

在珀尔特萨马镇外的那些日子，敌方给我方部队造成了很大损失。我记得他们抬出一名身负重伤的伙计，他身上裹的绷带已被鲜血浸透，他从担架上稍稍抬起头，蜡黄的面孔因为疼痛而扭曲，可他还是喊道："上尉先生，消灭俄国人——进军莫斯科！"他耗尽了力气，头又倒在担架上。

团信号排也首次遭受了伤亡。基亚乌施中士在皮利斯特韦雷的教堂墓地丢了条腿。第3营也没能幸免，三名工程兵隐蔽在狭长的掩壕里，一发炮弹击中掩壕边缘——但泽体育协会热情洋溢的手球运动员霍斯特·萨洛蒙当场阵亡，弹片切开了他的躯体。与他同在掩壕里的阿洛伊斯·魏斯、马克思·赫尔曼身负重伤。我们确信接下来还会出现更多伤亡。想当初，我们团在波兰姆拉瓦、普乌图斯克、普拉加经历过激烈的战斗，在比利时进攻过埃本埃马儿要塞，还参加过敦刻尔克战役，但在整个波兰和法国战局期间，信号排都无一伤亡。

10天后，珀尔特萨马几乎未经战斗就落入我们手里。二级下士普雷施和汉斯·魏克特接替了我们，我和海因茨返回团指挥所。我俩刮了胡子，去附近的小溪里洗去身上和军装上的污垢。海因茨涂了面霜，把自己拾掇得干干净净，可惜没什么用。爱沙尼亚姑娘很漂亮，但没前线士兵的份儿，平民百姓怎么可能待在弹雨纷飞的前线地带呢？另外，我们没时间也没心思找乐子。

经历了珀尔特萨马交战后，接下来几周没什么可说的。我们一路向前穿过爱沙尼亚，除了汗水和污垢，还经常付出血的代价。有一次，我瞅准机会在凉爽、青苔覆盖的林间空地休息了一会儿，就在我幻想要是没有战争此地该有多美妙时，一发炮弹突然在附近炸开，顿时把我拉回现实世界。这发炮弹是我方一门 105 毫米榴弹炮发射的——可能是因为药筒装药量太少，导致射程不足。这件事给我留下的印象是，德国炮弹的爆炸威力明显比俄国人的炮弹大得多。

爱沙尼亚已沦为次要战区。德军强大的装甲集群和摩托化部队跨过爱沙尼亚—俄罗斯边界，一路攻往列宁格勒。我们这个军被留下来肃清爱沙尼亚境内依然强大的敌军部队。在我们所在的前线地段，人人都知道这项任务。我们听到特别公告宣布，德军赢得了辉煌的胜利，击毁俄国人数以千计的飞机和坦克，在中央和南方地区还以几场大规模合围俘敌数百万人。另外，俄军现有的作战兵力只剩 25 个师，他们的抵抗过不了几天（最多几周）就会土崩瓦解。可我们总是觉得我方预备队不足，否则，为什么我们自 6 月 22 日起一直在前线作战，没得到一天休整呢？我们据此得出结论，爱沙尼亚境内只有我们一个师，所以各种任务都交给我们来完成。

有时候，分遣队会率领我们搜寻与主力隔绝的俄军部队。我曾在爱沙尼亚—俄罗斯边界的佩普西湖附近执行过这种累人的行动——印象中全是沙子、冷杉、酷热、麦田，以及满是刺柏灌木的丘陵——我们不停地行军，直到累得瘫倒在地。相关报告称，俄军部队早就撤走了。我和海因茨不得不把情况报告给团部。我们坐在几棵松树下，阳光把沙地烤得滚烫，我和海因茨汗流浃背，筋疲力尽。我们着手给电文编码：Z 是 I，G 是 S，E 是 L，我不由自主地睡着了。但海因茨的呼噜声吵醒了我。"醒醒，别睡了！"编码工作拖拖拉拉，海因茨很快又睡着了。我俩累得要命，根本没办法继续干活。行动最终取消，我们返回了团里。

与主力会合后，我们赶往西北方的雷瓦尔，在韦森贝格地区顺利到达芬兰湾，并分割了爱沙尼亚境内的敌军战线。越接近爱沙尼亚首都，敌人的抵抗越是激烈。双翼飞机[2]、"老鼠"战斗机、高射炮不断为俄军提供支援。为获得更好的接收效果，我们大多数时候会把电台设在农舍的阁楼中，而飞机差点刮到屋顶的情况时有发生。海因茨有一次喃喃地说道："伙计，那个家伙飞得那么低，本来能俯冲下来干掉我们的电台。"他没说错，我们俘虏的俄军官兵，一个个破衣烂衫且满身污垢，他们背的麻袋里，只有少得可怜的面包、糖块上切下的一点糖，有时候还有块鲱鱼——这种麻袋被主要用于携带尽可能多的步兵弹药。后来在斯大林格勒被俘的德军官兵，情况比他们也好不到哪里去，一个个筋疲力尽、饥肠辘辘。

71

1941 年 8 月，我们进入集中地域，准备进攻雷瓦尔。位于纳尔瓦河畔的爱沙尼亚边境镇纳尔瓦刚刚落入德军手里，腾出来的两个师赶来加入我们的进攻。因此，第 254 步兵师在我们右侧，第 217 步兵师位于我们左侧。我记得一块路标上写着"塔林，51 千米"。[①] 此外，来自帕德博恩的布比·比克斯是个报务员，赖曼、陶施、克雷布斯是话务员，他们的到来加强了团信号排的实力。进攻开始前那几天，我们露天坐在桌子旁，用一名农妇借给我们的餐盘享用美味的饭菜，心情非常愉快。

雷瓦尔之战

1941 年 8 月 20 日，我们沿整条战线发动进攻，冲向敌军盘踞的爱沙尼亚首都。为加强师属炮兵力量，我们获得了一门 210 毫米臼炮和几门 88 毫米高射炮，当然还有空中支援。俄国人早就动员了所有民众充当劳力，帮他们修筑防御工事和堑壕体系，我们知道会遇到些什么：敌人肯定会充分发挥防御潜力，特别是以他们的高射炮、反坦克炮、坦克直接轰击我方阵地。他们把坦克半埋起来，只露出炮塔，这样就能获得广阔的射界，而可供我们瞄准的目标却小得可怜，这是个大问题。

师属第 161 侦察营先前从小路汇入了主干道，进攻首日，我们又在这里遇到了俄军撤往后方的一支卡车队。我们立即用反坦克炮开火，消灭了车队的人员和物资。我们见到的场面很可怕。烧死的俄军士兵里有个姑娘，可能是卫生员。她躺在地上，仅头上戴着的扁平的英式钢盔还在，她身上的衣物都被烧光了，双腿歪向一侧。这幅可怕的场景深深铭刻在我的记忆里，自那天起，我一直无法忘记。

我们这个无线电小组奉命去第 1 营。当时下着蒙蒙细雨。变更位置后，我们把电台放在泥煤切割区，就在为干燥泥煤而搭设的砖墙后面。我们从这里与团部建立了通信联络。

"什么，你们联系上团部了？"一名军官问道，"那我能用这条线路联系上 210 毫米臼炮发射阵地吗？"他是臼炮的前进观察员，但目前与炮兵阵地失去了联系。我们立即投入工作，把编码数据发给团部，没过 10 分钟，重型炮弹就从

① 译者注：爱沙尼亚首都的俄语称谓是塔林，德语称谓是雷瓦尔。

我们上方呼啸掠过，命中了目标，他们打击的是纤维素厂院落里的装甲防御工事和雷瓦尔机场。工厂内响起剧烈的爆炸声，随即腾起大团黑色烟雾。雨停了，此时天气很好。

接下来几天，我们前出到德国军队在第一次世界大战期间修筑的筑垒地域，这里有一些很大的灰色混凝土掩体。年久失修的交通壕里杂草丛生，但步兵俯下身子的话，还是能获得充分的掩护。这些旧防御工事的危险之处是整条堑壕线上偶尔出现的缺口，俄国人半埋的坦克和反坦克炮都会瞄准这些地方。虽说火炮的弹道过于平直，无法射入堑壕内，但炮弹在战壕边缘炸开也够危险的。我们猛跑了一阵，穿过开阔地带，这才长长地松了口气。确定自己安然无恙后，我赶紧清理了陈旧的混凝土掩体，隐蔽在里面好歹还算安全。

战斗声越来越激烈，高射炮弹炸开，数百缕白烟点缀着蓝天。薄雾上空，我看见飞着的德国轰炸机，不是海因克尔111就是容克斯88，但密集的高射炮火可能导致这些战机无法定向轰炸。俄国人以数百门口径各异的高射炮开火射击，因此雷瓦尔港内外的船运装载作业没有遭受我方轰炸机打击。整个对苏战争期间，我再没见过这般规模的防空火力。没过多久，俄国人的舰炮也从近海加入了战斗。

我们抓获的俘虏与日俱增。我们在赶往营指挥所的途中，遇到了两个身着俄军军装的爱沙尼亚姑娘，她们戴着扁平的英式钢盔，脖子上挂着急救箱。我们好奇地打量在步兵队伍里服役的两个姑娘，海因茨脸上露出讥讽的笑容。一个姑娘瞪了我们一眼，目光中既有畏惧，又不无敌意。她已料到自己随时会被枪毙，她无疑对此做好了心理准备。但这种情况没有发生，海因茨递给她一根德国香烟，这个姑娘原本勇敢地抑制着自己对邪恶的德国军人的恐惧，但这种惧意现在明显消失了。

多年后，我才得知落入德军手里的大批俄军战俘的悲惨遭遇，他们受到的对待与英国、法国战俘以及后来的美国战俘截然不同，但苏联人在战后对待德国俘虏也好不到哪里去，我后来有过亲身经历。

我们的营指挥所设在一座小小的单层木制农舍内，屋里唯一坚固的东西是砖砌暖炉。海因茨和我在花园里挖了条狭长的掩壕，就在这时，炮弹剧烈的爆炸声震颤着木屋，弹片四散飞溅，尘土和烟雾随后从几扇窗户里喷出。一发穿甲弹穿过木墙，撞上暖炉后炸开，木屋里的人，包括军官在内，一个个脸色苍白，但毫发无损，他们匆匆逃入花园，和我们隐蔽在一起。第二天，我们变更了位置。转移期间，我们身后茂密的林地发出"乌拉"的呐喊声，宣布俄国人即将到来。

"俄国人进攻了！所有人各就各位！"——听到预警的我赶紧放下肩头的电台箱，给卡宾枪填个弹夹，把一发子弹顶入枪膛，然后趴在洼地里。俄军步兵从我们身后而来，一边开枪一边高呼"乌拉"，但他们很快就遭到我方105毫米榴弹炮打击。我们现在知道他们想做什么了。这群掉队的俄军士兵发现了我方一个炮兵连的位置，企图消灭该连。但我方所有枪炮都转向这股敌人，猛烈的火力彻底粉碎了他们的企图。很快，死一般的寂静降临，实际上，这是我第一次放下电台端起步枪。

我们占据了雷瓦尔灯塔。灯塔的墙壁很厚，很结实，尽管遭到敌军舰炮不断轰击，可我们还是觉得这里非常安全。从灯塔顶部的屋子里，能看见港口和远处的波罗的海。我们数了数，有60多艘俄国人的舰船，主要是运兵船和护卫舰，"基洛夫"号巡洋舰也在其中。

次日，也就是1941年8月28日，我们这群信号兵配装了手榴弹，理由是"在巷战中可能用得上"。我把一颗长柄手榴弹插在皮带上，把另一颗塞入靴筒。战事进展似乎很危险。我们卷起衣袖动身出发，本以为敌人会顽强战斗，可出乎意料的是前几天遇到的激烈抵抗似乎消失了。我们离市中心越来越近，几乎没有与敌人发生接触。13点30分，市政厅上方升起德国军旗。

在这座大楼的门厅里，我和海因茨遇到了第2营的信号人员。我们把电台设备放在桌上。楼外的广场上，爱沙尼亚市民热烈庆祝他们获得解放，以最大的热情招待我方官兵。团里几个连整装列队，正式进入城内。这是一个令人印象深刻的场面，战役的获胜者凯旋。措内维茨中尉走在他的连队前方，戴着有点破旧的大檐帽，皮肤晒得黝黑，军靴和很有男子汉气概的面孔上满是灰尘。他堪称步兵军官的完美写照。爱沙尼亚男子乘坐敞篷卡车，挥舞着国旗穿过市区，我们以友善、鼓励的目光望向路边的爱沙尼亚姑娘，不时听见她们大声喊道："德国小伙真帅！"可我们又能得到什么呢？夜幕降临前，我们就得再次开拔了。

我们于当晚动身出发，可能要穿过巴尔蒂施港，但无论目的地在哪里，我们都没在雷瓦尔度过哪怕是一晚。我们在里加湾北面的小镇利胡拉过夜，睡在干净的木屋里，满心以为战争对我们来说结束了，最糟糕的情况无非是担任海岸守备部队。

实际上，倘若对苏战争按计划进行，我们师的确要执行海岸守备任务，但师部下达的日训令很快打破了我们的梦想："我的将士们！很遗憾，我现在还不能批准你们应得的休整，因为我们还要执行后续任务，这项任务不大，但很重要……"日训令轻描淡写地要求我们占领波罗的海几座岛屿，此前我从未听说过这些岛屿，更不知道它们在何处。坏消息是，我们必须把岛上的俄国人赶走。

注解

1. 1920 年 8 月 11 日，根据《拉脱维亚—苏俄和平条约》，苏俄放弃了对拉脱维亚的一切领土主张。1939 年战争爆发后，拉脱维亚宣告中立，但莫洛托夫与里宾特洛甫缔结的密约，把拉脱维亚纳入苏联范围。1940 年 6 月 16 日，苏联进入拉脱维亚，掌控了这个国家。因此，1941 年许多拉脱维亚人欢迎德军到来。
2. 这里指的可能是波利卡波夫设计的伊 -153 "海鸥" 战斗机。

俄国人在立陶宛与梅梅尔交界处设立的铁丝网障碍。

1941 年 6 月,前进中的第 61 步兵师某分队。

1941年6月，在立陶宛边境发生的战斗中起火燃烧的房屋。

腾起的烟雾标明了通往前线的方向。

俄国人在许多地段埋设了树干，以此来充当防坦克障碍。

德军缴获的一门苏制野战炮。火炮牵引车残骸被丢在后方的沟内，从牵引车的受损程度判断，车上原先肯定载有弹药。

第 151 步兵团的冯·布格多夫中尉和巴尔特鲁沙特少尉。

行军期间也能喘口气。赤日炎炎，在没有危险的情况下，行军中的士兵会摘掉钢盔。

德军步兵从一辆已损毁的苏制 BT-5 坦克旁走过。

德军当时最具效力的 37 毫米反坦克炮。
德军在 1941 年 6 月 24 日—26 日的皮埃
宰战役中使用了这款火炮。照片里的火炮
瞄准手是二等兵保罗·海因策。

首次参战的德国步兵。

前进中的德国步兵。

贝奥武夫行动

贝奥武夫行动是德国陆海军于1941年夏末实施的两栖登陆进攻战役。目的是把俄军驱离近海的蒙岛、厄塞尔岛、达格岛，这些岛屿是俄国人在爱沙尼亚最后的立足地。德国海军在厄塞尔岛西海岸和东南海岸、达格岛北海岸登陆，分散俄军注意力并掩护陆军穿越蒙海峡。9月13日，第3鱼雷艇舰队的鱼雷艇、扫雷舰、扫雷艇、布雷舰和各种轻型舰艇部署就位，做好了战斗准备。

1941年9月13日，我们在利胡拉收起帐篷，检查了电台设备。派到第151步兵团第1营、第2营的两人信号小组，现在各接收了一名替补人员，以防战斗中遭受损失影响通信工作，而第三名成员还得携带备用电源。我和席曼斯基，以及分配到我们小组的弗里茨·克雷布斯这次留在团部，因为我们在雷瓦尔前方刚刚跟随第1营参加过战斗。

我们的集中地域在蒙岛正对面，大约10千米外就是波罗的海。此处地形平坦，遍布树林、沼泽、田野，海拔最高处有68米。90艘突击舟就位，准备把首批部队运过海峡。前进途中，我们看见炮兵阵地上有许多不属于我们师的火炮，既有210毫米大口径火炮，也有可拆卸的山炮，按照计划，这些山炮将为登陆步兵提供直接支援。

秋季的天气很好，但夜间渐长，而且越来越冷。我们周围的田野一片荒芜，遍布硕大的石块和各种尺寸的巨石，若干刺柏林夹杂其间。夜幕降临，海面很平静，我们在岸边只听见海水和细浪拍打岩石的声音。敌人据守的蒙岛海岸，等距安装的一部部探照灯照亮了整片水域。1941年9月14日头几个钟头过去了，朝露沉积，我觉得有点冷，于是紧紧地裹着毛毯。

清晨4点整，德军沿海岸部署的每一门火炮都喷吐出火舌，呼啸的炮弹越过海面飞向蒙岛。轰鸣的炮火震耳欲聋。晨曦下，忙着装填炮弹的德军炮手清晰可辨。这场突如其来的炮火齐射开始前，一艘艘突击舟已经载着第1营官兵和无线电小组出海。我向来是乐观主义者，看见眼前的情形，不由得暗自思忖，俄国人在厄塞尔岛上只有一个营，应该不难对付。我亲眼见到这场进攻的准备工作，所以很清楚，消灭岛上一个营，根本用不着派遣一个加强步兵师和更多野战炮。上级做出过保证！难道他们会骗我们吗？尽管战争后期他们把我们当作傻瓜，可我们始终抱有一厢情愿的想法，一直盲目地信赖他们。

岸边传来咯咯作响的机枪射击声，随后陷入沉默。搭载第一批连队的突击舟在黑暗中迷失了方向，一路驶回栈桥，还以为到达了蒙岛，随后才发觉弄错了。我和海因茨·席曼斯基戴着耳机坐在电台旁，焦急地等待对面的第1营官兵发回行动顺利的消息。我们的通信频道寂静无声。每隔一会儿我们就发出呼号，但没有回复。一个钟头过去了，电台里依然无声无息。我们暗自心焦：海峡只有10千米，我们架设了七根天线，海水也是很好的导体，所以我们的设备不可能收不到信号。悲观的念头油然而起，派到第1营的信号小组说不定在海里淹死了，营里的人也许不知道我们的频率或呼号，又或者登陆点的海水比先前报告的更深，电台和电池浸了水，这些情况都有可能。

自突击舟动身穿越蒙海峡起，两个钟头过去了。就在这时，耳机里终于传来清晰明确的摩尔斯电码，发射机仿佛离我们只有500米。海因茨抄下编码电文，让发送者稍等，检查每组代码是否由五个字元组成后确认收悉。电文随即解码，排长胡巴奇少尉也在场，他已等得心急如焚。我们现在知道了突击部队的情况。突击舟在预定地点以南2千米登陆，就在库伊瓦斯图村敌军支撑点前方，结果遭遇激烈抵抗，一时间陷入停顿。

帕特·瓦赫诺夫斯基在5点50分发回的第一份电报，促使我们团迅速采取行动。据守狭小的登陆场意味着一场防御战，登陆部队能否坚持下去很成问题。没过多久，巴尔特鲁沙特中尉和他的步兵连赶到，加强了登陆场内的兵力。敌人从最初的措手不及恢复过来，也采取措施强化防御。

天色渐渐放亮，第2营组成的第二登陆波次乘坐突击舟赶往库伊瓦斯图村。俄国人的双翼飞机在大陆与岛屿之间的海面上盘旋，用机枪扫射德军突击舟。避开敌机的攻击并没有万事大吉，突击舟很快进入敌人部署在海岸上的高射炮和反坦克炮的有效射界。炮弹落在海里，激起一股股喷泉般的海水，一些突击舟在水里竖了起来，随后解体。敌人设在滩头附近的重机枪和122毫米重型迫击炮也给登陆部队造成了很大的麻烦，这是我们首次遭遇敌人的122毫米迫击炮。

第二突击波次的船只和人员损失很大。光天化日下，他们彻底暴露在守军眼前，根本无处隐蔽，在海面上就遭受了严重的损失。死伤人员沉入海里，第2营营长德里德格尔中校腹部负了重伤。幸存者丢掉重装备，脱掉衣物，朝蒙岛附近一座小岛游去，而预先配装的救生衣，让许多人幸免于难。

面对这一不利局面，德国空军赶来支援。梅塞施密特 Bf-109 肃清了俄国人的双翼飞机，Ju-88 轰炸机给敌军野战防御工事造成严重破坏。轰炸机就像在演习，沿间接航线俯冲，投下炸弹，再以相同的角度重新拉起。在此期间，空中的其他战机等着轮到他们执行下一轮攻击。炸弹炸开，敌军工事的木梁高高飞起，蘑菇云腾入空中。Ju-88 轰炸机执行此类任务得心应手，协助地面部队决定性地扩大了登陆场。没有空中支援的话，蒙岛登陆场内的德军小股部队根本无法取得突破。帕特·瓦赫诺夫斯基在墓地围墙后取出电台，墙壁挡住俄国人的步枪火力，为他提供了掩护。他觉得敌人很快会冲过来，自己可能坚持不了多久。

我方部队在蒙岛的处境稳定下来，位于内陆的第 151 步兵团变更位置。我们这个无线电小组乘坐一艘突击舟，跟随第三波次突击部队一同行动。我们戴着钢盔蹲在艇艏，就这样动身出发。伴随引擎的轰鸣，舵手站在艇尾凝视前方。从我蹲伏的地方望去，眼前的情形给我留下深刻的印象。突击舟犹如一艘细长的独木舟，配有横座板，长度不超过 5 米。海面不再平静，涌动的海浪掀起艇艏，海水洒入艇内。溅到脸上的海水滴落，我们一个个看上去很有冒险、运动精神。海因茨和我相视而笑。这场短暂的渡海之旅很有意思，但不会持续太久。更多的敌双翼战机出现了，他们显然对下方的目标很感兴趣，正准备朝我们身后的大批突击舟俯冲之际，Bf-109 突然出现在视野里，迫使敌人的双翼战机迅速调转方向逃离。

敌人的高射炮和反坦克炮也不像打击第二突击波次时那般准确。一发发炮弹嘶嘶作响地从我们上方掠过，在后面很远处的海里炸开。我们看见步兵在海里游泳逃生，都朝右侧一座小岛游去，岛上的树木和灌木丛能为他们提供出色的隐蔽。落水的轻伤员紧紧抓着浮在海里的突击舟残骸，直到救生艇赶来搭救他们。我们逼近海岸时，突击舟急转，这是让我们弃船登岸的信号，舵手随后驾驶突击舟返回爱沙尼亚本土。我站在齐膝深的海水里，拎着电台箱握把，小心地提防设备进水。我在粗糙的砾石滩地踉跄而行，这期间我遗失了背带。背带很重要，我四处寻找，翻搅的沙子卷起浑浊的海水。突然，一股海水溅起，我不敢再寻找背带了，赶紧上岸。隐蔽在树上的一个狙击手瞄准了我，但他没射中，子弹离我有 1 米远。我想起，配件包里还有副备用的黄麻纤维背带。

无线电小组在岸上会合，在避开敌狙击手的视线后，好歹获得喘息之机。我们先生了堆火烘烤衣物，看着我方部队继续登陆，此时他们没遭受敌军滋扰。西贝尔渡船¹开始把卡车、重装备、火炮运到岛上。我和海因茨找了个干草垛过夜，但我们不得不与其他部队的步兵分享干草垛。夜间，我发现我的阿克发 - 伊索莱特相机不见了。

波罗的海群岛具有战略重要性，以上就是群岛争夺战的前奏。在这场大胆的行动中，我们在外海使用了原本用于内河和湖泊的突击舟。对德国陆军来说这也是首次，但行动大获全胜。没过两天，我们就大致肃清了占地200平方千米的蒙岛。

进攻厄塞尔岛和达格岛

只有从厄塞尔岛堤道位于蒙岛这一侧目力无法穿透的灌木丛，俄国人才能阻止第1、第2营的突击。这场行动让许多德军官兵献出了生命。待我们肃清身后的蒙岛，这才踏上厄塞尔岛的堤道。说起来简单，其实上级部门早就料到这场行动很艰巨，可能会招致惨重的伤亡。而正因为如此，元首大本营才会宣布，赢得胜利的指挥官将有望获得骑士铁十字勋章。

时至今日依然存在的这条堤道长3.6千米，把蒙岛与近海的厄塞尔主岛连接起来。笔直的堤道宽如公路，以泥土、石块和破碎的岩石构成，两侧设有栏杆。毫无疑问，这条堤道在和平时期很实用，但它眼下无法为突击部队提供任何掩护。要想顺利通过堤道，除非有绝佳的好运，否则必然付出惨重的伤亡。原先担任团直属连连长的潘科夫上尉，代替身负重伤的德里德格尔中校做出决定，由他率领第2营第7连穿过堤道。虽说俄国人于后撤期间炸毁了几处堤道，可这些缺口好歹能为突击部队提供些掩护。更重要的是，敌人没能在堤道另一侧设立有效防御。不难想象，他们只要在那里部署一些机枪和反坦克炮，就能给我们造成极为严重的伤亡。但我方的Ju-88和Bf-109战机再次出现，一架架战斗机开始对付俄国人的双翼飞机，迫使对方无法滋扰堤道上的德军突击队。许多双翼飞机在遭到猛烈的火力打击后，拖着滚滚浓烟一头扎入海里。海浪退去，烟雾散尽，坠落的战机没留下任何痕迹。

Ju-88轰炸机采用的战术，迫使对岸和奥里萨雷村内的守军匆匆隐蔽。空中侦察报告，村里打起了白旗。当天下午，我们团列队跨过长长的堤道。俘虏随后奉命修复堤道损坏的地段，以尽快恢复交通。先遣营在厄塞尔岛俘获大批俄军官兵，里面有不少上校，这些俘虏排成长长的队列，穿过堤道前往蒙岛。我在某座遗弃的掩体内找到一台便携式留声机和若干俄语唱片，这些物品替代了我的吉他——在雷瓦尔前方，我那把吉他在淋雨后裂开了。

奥里萨雷村仍在俄军炮火射程内，但我们大幅度扩大了登陆场。一切进展顺利，最重要的是陆军与空军堪称典范的协同。我们这个无线电小组（席曼斯基和我）再次编入第1营。我们听说勃兰登堡人的一支特种部队在岛屿北面实施了空降，任务是消灭那里的几个海岸炮台，但这一行动没能成功，几乎无人生还。

第1营穿过岛屿中央地段，迅速赶往西南方。这片地段长90千米，宽50千米，大多数地方是平地，长满刺柏，遍布浅色的巨石。这里的居民以捕鱼为生，种地没什么收成，农业方面充其量就是养养牛。灿烂的秋日下，我们发现这座岛屿很美。

9月20日，我们到达岛屿的阿伦斯堡镇周边地域。空中侦察报告，阿伦斯堡镇已打出白旗，可能正等我们去接收。第二天早上，团里派出几辆卡车，好让我们更快地到达阿伦斯堡镇。通往该镇的道路稍稍向下倾斜，所以我们能清楚地看见南面的地平线。突然，沙沙作响的风中传来邪恶的嗖嗖声，我们对此非常熟悉，刺耳的刹车声响起，众人跳下卡车，躲入路边的沟渠隐蔽。

阿伦斯堡镇入口处前方，俄国人精心构建了拦截阵地，还做了伪装，他们以猛烈的机枪和迫击炮火力迎接我们。我方几个步兵连发现，难以确定敌人的确切位置，所以只能逐一消灭对方一个个机枪阵地，我们待在沟渠里，等待警报解除。我们上方的道路上，停着两辆大众桶式车的残骸——是团出纳和随行人员的坐车，他们和我们一同出行。这些人愁眉不展，显然很不习惯置身于枪林弹雨下。他们的孙辈日后肯定会听到他们在战争中经历过什么！我和席曼斯基用眼神交流了一下，幸灾乐祸地咧嘴而笑。这些人以为阿伦斯堡镇没有敌军，想去镇内捞点战利品，至于他们想弄到什么，我就不得而知了。

我方部队终于粉碎了敌人的抵抗，我们步行走近阿伦斯堡镇。看见草地上的德军阵亡者，我们的情绪更加低落了。有些阵亡者看上去似乎对不期而至的死亡大吃一惊，还有些阵亡者盖着披风，只能看见他们穿的军靴。他们一动不动，没有武器，没有呻吟，什么都没有，就这样阵亡了。海上吹来的微风拂动他们的头发，就在一个钟头前，他们还生机勃勃，可现在一切都结束了。已彻底进入亡灵国度的他们，圆睁的双眼没有焦点。他们的躯体已冷却，已僵硬，但很快会松弛并腐烂。他们的母亲会失声痛哭，泪流满面，可他们永远不知道了。

阿伦斯堡是个小镇，我们见到鹅卵石铺就的狭窄街道，镇内的房屋大多是木制的。在这片低矮的房屋映衬下，条顿骑士团于14世纪末建造的伟大的城堡傲然耸立。除了镇郊几座房屋，全镇完好无损。我们团夺取厄塞尔岛的战斗结束了，或者说我们是这么认为的。第61步兵师第162步兵团奉命肃清长长的斯沃尔贝半岛，俄国人已撤入这座伸向里加湾的半岛。

我们的宿营地在镇外。梅尔策上校在争夺雷瓦尔的交战中表现出色，荣膺骑士铁十字勋章，他忠实地履行了自己的职责，现在可以批准部下好好休息了，这是我们早就该得的。我和海因茨返回团信号排。现在总算能安稳地洗个澡，刮刮胡子，这一切真让人高兴。我们随后取出便携式留声机，聆听俄语唱片，这些唱片都不错，大多是独唱或合唱的俄罗斯民歌，忧郁中夹杂着野性。

无须执勤的日子平静而又愉快，但很快就蒙上了阴影。远方战线上传来的战斗声越来越清晰，炮火也日趋猛烈。我们能清楚地辨别出有重型要塞炮正在轰击阿布鲁卡，那座小岛仍在俄军手里。炮声不会说谎，我们产生了不安感和疑虑。

休整了一周后，我们不得不接替遭到重创的第162步兵团。他们在敌军地堡前方付出重大牺牲，但没能取得进展。敌人在整座半岛构建的纵深防线交错排列，还配置了四通八达的交通壕。我和海因茨奉命加入第3营，即将面对厄塞尔岛上最艰巨的战斗。

斯沃尔贝半岛长数千米，以一道2千米宽的地峡与厄塞尔岛相连。这里有两条滨海公路，一条在西面，另一条在东面。阿布鲁卡的俄军炮兵瞄准两条道路开火，就连夜间也施以火力。我们沿这些道路赶往出发阵地，期间炮弹剧烈的爆炸震颤着地面和其他一切。

1941年9月底，我们发动进攻。一如既往，这次也要穿过敌人布设的地雷场。俄国人的反步兵地雷通常都是放在木盒子里的，探雷器很难发现。所以我们行进得很小心，或者说，任何情况下都非常谨慎，就好像踩在蛋壳上那样。我们每次都得确保踏上坚实的地面——可能的话，我们会尽量沿有人踩过的地面行进。此地的平民百姓遭了大罪，每个村庄都被烧毁，没有一座完好的房屋，只剩砖砌的烟囱伫立在灰烬和瓦砾中。当地居民逃入树林，像原始人那样勉力求生，可就算在那里也无法逃离战火，许多人送了命。

我们到达安塞屈拉，遭遇敌人激烈抵抗，不得不在第161工兵营几个喷火器班协助下，把敌人赶出一座座地堡。我们先以机枪火力压制已被识别出的敌支撑点，再以喷火器、手雷、手榴弹对付地堡。等到浑身是火的敌军士兵逃了出来，地堡里残余的人也就投降了。

来自利茨曼施塔特的二等兵舒尔茨荣膺骑士铁十字勋章。[2] 他英勇得几乎令人难以置信，因为他总是赢得胜利，从未负过伤。舒尔茨孤身投入战斗，消灭了一个个地堡。他简直就像战神附体，不断向前，直到身上的喷火器燃料罐被子弹射爆。他在草地上打滚，扑灭身上的火焰，然后爬起来，用手枪和炸药包继续对付敌人的地堡，每次都能成功。营长随后把舒尔茨调到后方辎重队，以免这名英勇的战士过早牺牲。实际上，英雄往往并不看重自己的英雄身份，但从长远看，步兵很难逃脱阵亡、负伤、被俘的厄运。这种事无可避免，可有些英雄的确是光荣的例外。

德国空军与炮兵，尤其是炮兵，为我们这场进攻提供的支援力度越来越大。强大的俄军部队坚守某个十字路口，我们发起突击前必须削弱对方的抵抗，结果发生了一件怪事。团里命令我们，在等待炮兵于13点发起炮击前，务必守住规定的战线。不讨人喜欢的第3营在罗赫上尉率领下，显然已越过这条战线，是有心还是无意我就不得而知了。我和海因茨在距离最前沿100—150米处架设电台，这里有一片厄塞尔岛上很少见的冷杉林。

海因茨知道我方炮兵马上要实施炮火准备，一如既往地对俄国人即将遭受的猛烈打击深表同情，话音未落，我们的火炮就怒吼起来。这场弹幕射击猛烈至极，战争期间我只目睹过两次，另一次是后来在拉多加湖从事防御作战期间。一发发炮弹从我们上方掠过，在距离我们很近的地方炸开，剧烈的轰鸣可怕至极。我们马上觉察到眼下的情况，迅速做出应对。要么是炮兵射程不足，要么是第3营太靠前了。我拔掉电源线，拆掉电台，朝后方飞奔。仓促间，悬挂的电缆把我缠在一片灌木丛里。我折腾了一番才得以脱身，继续朝后方奔跑。就在这时，营部的维佩恩中尉冲了过来，他的腿很长，我们叫他"白鹳"，他朝我喊道："你，报务员，赶紧发报，'弹幕落在我方战线上！'"等我们重新架起电台，与团部恢复联系时，炮击结束了。我暗自思忖："天哪，肯定有人送了命，而且是死在己方炮火下！"可出乎我意料，没发生这种事，第3营甚至没人负伤。

这场弹幕恰好落在几个连队与营指挥所中间，营部退往后方，几个步兵连向前规避炮火，俄国人跑在他们前面。先前的种种准备没起到作用，但这场炮击还是很管用的，俄国人以上述方式弃守十字路口，第 3 营顺利完成了任务。

德军继续进攻，我们也离开了维特里村。此时是 1941 年 10 月 3 日。俄国人似乎仍在抵抗，但次日就投降了，先是三五成群的小股官兵投降，随后就排成一眼望不到头的队伍朝我们走来，军官骑着矮种马，他们的军靴几乎要刮到地面了。这些骑手看上去很怪异。厄塞尔岛之战结束了。有些不愿投降的俄军军官自杀身亡，不是拉响抵在胸前的手榴弹，就是对着自己开了一枪。他们用电台发出的求援电报没收到回复。实际上，发往莫斯科的求援电都没得到回应。不管怎么说，莫斯科又能从哪里抽调援兵呢？

我们的无线电监听组一直在监听对方的求救信息，随后得知他们放弃了所有尝试。临近中午，我们到达灯塔旁的半岛南部顶端。俄国人的战地厨房旁，一个胖乎乎的黑发厨师把苏联生产的罐头分发给德国士兵。他非要我尝尝，我勉为其难地试了试，发现月桂叶和胡椒调制的罐装辣牛肉很美味，我们口味平平的同类食物完全无法相比。

我现在已经不记得斯沃尔贝半岛最南端灯塔附近那个小村庄的名字。[3] 小小的福音派木质教堂里，德军士兵直接从前线来到这里，他们一个个汗流浃背，满身征尘，木柄手榴弹插在皮带上或靴筒里，军装的衣袖高高卷起，都摘掉了钢盔。教堂里的许多德国官兵是来自莱茵兰和威斯特伐利亚的天主教徒，而这里是新教教堂，但这一点无关紧要。

厄塞尔岛之战结束了，德军俘虏了 1.1 万名俄军官兵，还缴获了数百门野战炮，以及大批装甲车、卡车、机枪和其他技术装备。很明显，俄国人部署在岛上的不可能是营级兵力，至少有一个师。回到阿伦斯堡镇，我们又接到了命令——为爱沙尼亚波罗的海群岛的最后一战做好准备，也就是把敌军驱离达格岛，那是厄塞尔岛北面的第二大岛屿。对我们团来说，这项任务不太艰巨，因为第 176 步兵团已先行出发。这场行动于 10 月 12 日凌晨实施，没遇到太大的抵抗。

临近中午，我们团乘坐突击舟渡过瑟拉海峡，很明显，以其他方式登陆都不够安全。天气一直很好，我们在海上没遭受滋扰。一如既往，待突击舟逼近滩头，我们便直接跳入海里，涉水上岸。首先要做的是把军装烘干，所以我们点起一堆堆篝火。当天夜间，第一场霜冻不期而至，还下起小雪，但没能持续到日出后。在我看来，接下来几天很平静，但这并不是说我们团没有参与其他地段的激战。实际上，团长决定以克吕格尔少尉的第7连和团信号排一个无线电小组组成小股先遣部队，其中由无线电小组与胡巴奇少尉保持联络。席曼斯基负责无线电小组，成员只有我们俩。

我对加入先遣队顾虑重重。我们赶往岛屿北部的主要村庄凯尔德拉，汽车沿田间小径艰难地穿过茂密的林地。我们在护林人的屋子里过夜。就连我这个普普通通的二等兵也觉得这场行动没什么意义，因为真与敌人发生接触的话，肯定是遭到对方伏击。但我们顺利到达了凯尔德拉，没发生任何意外。俄国人在附近部署了一个重型海岸炮兵连，不停地轰击塔赫库纳半岛和周边地带。我过夜的那座屋子，伴随炮弹的爆炸，窗玻璃总是嘎嘎作响，不免让人担心不已。夜里很冷，又下起了小雪，我好歹睡在屋内，而我们那些步兵就倒霉了。冬天已然到来。

我们在第二天早上发动了进攻，随后俄国人弃守防线，退到了塔赫库纳半岛实施最后的抵抗。到次日上午，争夺波罗的海群岛的战斗就此结束。

次日，也就是1941年10月21日，我们乘坐西贝尔渡船返回厄塞尔岛。在那里得知，我们不再担任波罗的海群岛守备部队，而是加入第18集团军，担任北方集团军群战役预备队。全师必须集中到纳尔瓦河畔。我们立即动身出发，接下来几天，我们沿爱沙尼亚北部毗邻芬兰湾的海滨公路行军，在温暖的爱沙尼亚百姓家里过夜，他们的房屋都很舒适。我们对前景充满乐观和信心，都觉得正走向胜利。

透过薄雾和夜色，纳尔瓦河鬼魅般地出现在我们眼前。于中世纪建造的两座大型堡垒控制着河道，这是两种文明交汇的象征：赫尔曼城堡的四角形塔楼位于西岸，伊万哥罗德城堡的圆形塔楼位于东岸。我们在赫尔曼城堡休整了两天，城堡内使用昏暗的油灯照明。在纳尔瓦河畔，来自蒂尔西特的霍费尔中士加入团信号排，还担任了一段时间的排军士。

注解

1. 西贝尔渡船是一款浅吃水双体登陆艇,长 21.6 米,宽 13.9 米,满载最大吃水 1.2 米,最大装载量 60 吨或 150 人。
2. 这里指的是第 161 工兵营第 3 连的二等兵海因里希·舒尔茨,他于 1941 年 10 月 18 日荣膺骑士铁十字勋章。
3. 作者提到的方形石灯塔建于 1770 年,在 1944 年毁于战火。最靠近的村庄是托尔古教区。

第61步兵师的步兵在拉脱维亚穿过一片
玉米地。

1941 年 7 月，拉脱维亚，第 61 步兵师师长西格弗里德·黑尼克将军站在他的指挥车里，驶过师里一支马拉补给队。

1941 年 7 月，拉脱维亚，一支临时配
属的友邻装甲部队的半履带轻型装甲运兵
车。与第 61 师这种步兵师不同，装甲师
的步兵力量都实现了摩托化。

伴随第 61 步兵师辖内部队前进的三号突
击炮。

季赫温战役

国防军最高统帅部决定，冬季到来前，各条战线上的德军必须展开决定性交战。从 1941 年 9 月 8 日起，德军开始围困列宁格勒。1941 年 10 月 16 日，德军渡过沃尔霍夫河发动进攻，目标是攻占列宁格勒以东 200 千米的季赫温镇。第 18 集团军打算从那里继续前进，在斯维里河与芬兰军队会合，完成对列宁格勒的合围。季赫温于 1941 年 11 月 10 日落入德军手里。

当初在第 151 步兵团信号排任排长的瓦尔特·胡巴奇，在他撰写的《第 61 步兵师师史》里谈到了这段时期的情况："冬季到来，迫使迟迟才开始的作战行动早早结束；11 月下半个月，敌人对这处过于靠前的阵地施加的压力越来越大。战斗发生在广阔的沼泽地和深不见底的泥沼中，摩托化部队的每场行动都无法完成。托特组织修建了一条狭窄的补给道路，但只能确保单向交通。驶上这条圆木路的坦克往往会滑向右侧或左侧，然后在厚厚的泥沼里越陷越深。"

我们师奉命赶去支援在季赫温地域卷入激战的装甲部队时，遇到的情况就是这样。当时的战局相当危急，团里几个营不得不搭乘 Ju-52 运输机飞赴前线，团部跟随团里的摩托化部队行进，信号排则搭乘第 14 连拖曳 37 毫米反坦克炮的小型牵引车。温度此时降到零下 20 摄氏度，敞篷式牵引车上冷得要命，我们不得不用毛毯裹住身子，抵御凛冽的寒风。我们的进军路线穿过丘多沃，从那里到东北方的季赫温还有 130 千米。我们在途中不断越过沼泽地，穿过一个个银装素裹的细长村落。沃尔霍夫河与拉多加湖之间的沼泽朝东北方延伸，散布着沙子和泥土形成的岛屿，大小不一，还有些村庄。当地居民靠贫瘠的土地过活，林地无疑能给他们贫困的生活带来些额外收入。

我们在沃尔霍夫河东北面经过的村庄，一座座小屋带有俄国北部的典型风格，完全用木梁构成，缝隙以苔藓和泥土封闭，都是木瓦屋顶。起居室设在抬高的底层之上，用木楼梯连接。屋顶与起居室之间的空间存放干草和其他物品。地窖很重要，因为需要有防冻作用，所以位于很深的地下，人们通常从起居室地面上的一扇活板门进入地窖。土豆、卷心菜、绿番茄这些食物通常贮存在地窖里。旧报纸充当墙纸，至于没办法贴报纸的地方，墙壁则保留原先的模样（木梁暴露在外）。无数蟑螂和虫子盘踞在木梁缝隙内。屋里最重要的设施是砖砌的暖炉，汤锅放在暖炉内。全家人在夜里就睡在暖炉上，因此，暖炉和地窖是这种俄式小屋最不可或缺的设施。

木桩顶端的钩子垂下的四根绳子，用于悬挂孩子的婴儿床，木桩以铁环固定在起居室天花板上。一根绳子从婴儿床垂下，伸到床铺上母亲睡的位置——她可以拉动绳子，轻轻晃动摇篮。屋内所有设施都很简单，但非常实用。这些村庄共同的特征是村里的汲水井。水井通常会有个齐腰高的井台，切断的原木环绕四周。井台顶上有个高高立起的支架，支撑一根可以压动的杆子，杆子较短的一段用于施加压力，另一端挂着打水的水桶。这些村民的日子过得很苦，但看上去往往很浪漫。村里的小屋在冬季深受我们欢迎，因为天气越来越冷，待在屋内好歹能遮风御寒。当地妇女穿得破破烂烂，她们在陈旧的连衣裙里塞满棉絮，她们的头上裹着头巾，脚上穿着粗糙的毡靴——这里的一切都体现着实用性。俄国人都是无与伦比的即兴创造高手，与波罗的海几个国家形成鲜明的对比！在我们看来，渡过纳尔瓦河就远离了文明世界。这片截然不同、充满敌意、陌生、荒凉的地域，以单调乏味的冬季沼泽乡村迎接我们。

沼泽地对我们前进中的部队非常危险。进军路线长达 130 千米，且沼泽地两侧已冻结，部队虽然完全可以通行，但敞开的翼侧必须得到掩护。辎重队将腾出的鞋匠、裁缝和一切人员都作为步兵使用，全力确保补给路线畅通，为德军在季赫温战斗的部队前运物资。

天气冷得要命，白昼很短，某天下午早些时候，我们来到一个村庄准备过夜时，天色已黑。一根根烟囱冒出的薄雾笔直地腾入空中，与些许烟雾混合，看上去就像蜡烛，这是冷热空气相遇的结果，在俄国的冬季很常见。我们分散到村内各个小屋。我和另外几个人走入黑乎乎的屋子，屋内唯一的亮光从暖炉孔射出。三个装甲兵舒舒服服地待在屋里，上身凑向热量来源，目不转睛地盯着炉内的亮光。一个装甲兵终于问道："你们是从哪里来的？"我们介绍了自己的情况，还透露了此行的目的地，他们顿时没了兴趣，又回到炉火旁，说："季赫温？那里简直就是地狱。"

屋内一片寂静，只有炉火发出噼啪声。待我们的眼睛适应了黑暗，这才发觉暖炉边上躺着几个俄国百姓，但只能看见他们的脚和衣服。我们想睡上一会，很快就打起瞌睡，一夜无梦。第二天早上，门外的动静吵醒了我们，我们的牵引车昨天就停在那里。牵引车水箱里的水冻住了，驾驶员在发动机下面点了堆火，以便顺利启动车辆。此时天色渐渐放亮。"上车！"命令传来，我们很快就出发了，一个个从头到脚裹着毛毯，活像木乃伊。我们的军靴很成问题——因过于合脚而根本无法留住靴子里的暖气。

我们的车辆沿圆木路隆隆行驶，接下来一两年，我们会逐渐习惯这种狭窄的道路。修建圆木路要把松树和山毛榉树干捆绑起来，是个非常费力的活儿。在沼泽地域，圆木路是确保通往前线的补给路线多少能畅通的唯一办法，但春秋季泥泞期间，圆木路也不见得管用。

清晨的天气更冷了，但不影响我紧盯着我们踏上的道路——这条道路偶尔穿过沼泽树林内开辟的狭窄小径。我们看见道路两侧的坦克陷入半个履带深的泥沼，而且坦克的数量远比我们预想的更多。这些坦克之间不时出现88毫米高射炮，每门火炮的炮管上都画了不少白色圆环——这是它们取得的击毁战果统计标记。我们此前从未见过这种情况。停下来休息时，有些步兵问我们"后方是否依然畅通"，我们逐渐觉察到自己正投入不太确定的境地。

前方不远处传来炮火的轰鸣和炮弹爆炸声，这种情况告诉我们前线近在咫尺。距离季赫温不远处的岔路口，停着一辆在战斗中被击毁的KV-2重型坦克。我们首次见到俄国人制造的这种庞然大物——37毫米反坦克炮根本没办法对付这款坦克。想想都疯狂，只有88毫米高射炮才能胜任这项任务，还得在很近的距离内，而俄国人有几十辆这种钢铁巨兽。对苏战争第一个冬季，我们没有遭受彻头彻尾的灾难可能要多亏这些"88炮"。

我们终于到达季赫温。镇内的房屋大多是木屋，但品质比我前面描述的那些好得多。屋内的木艺很精细，外面经常装饰有木雕。这里可能没有哪座房屋完好无损，不是遭到炮击就是起火燃烧。镇子西北部有个很大的修道院，其外墙被刷成白色，配有几座很大的洋葱形塔楼。团部就设在那里，所以我们这个无线电小组也赶了过去。

天上没有一丝云彩，苍白的太阳从镇内白雪皑皑的街道上方升起，空中呈现出奇怪的淡红色。我们奉命下车，步行往修道院走去。各处路口，一块块金属战术标牌指明了各指挥所的方向。整个镇子看上去空无一人，偶尔有摩托车或大众桶式车从我们身旁驶过。"动作快点！"我们几次接到这种命令。突然，一轮炮火袭来。俄国人俯瞰全镇，随时可以朝他们识别出的目标开火。我们这才知道为何要"动作快点"。

胡巴奇博士少尉在修道院迎接我们。"隐蔽到安全的地方，院子里每隔五分钟就会落下炮弹！"来自利茨曼施塔特的汉内斯·塞弗特刚刚到达就阵亡了，他和其他人的遗体此时就摆在院内。汉内斯寡言少语，性格内向，很少和其他人打交道，现在加入了战争亡灵的庞大队伍。

俄国人料到我们会把指挥所设在庞大的修道院内，所以不断射来猛烈的迫击炮火。但修道院的墙壁很厚，我们隐蔽在屋内很安全，而且我们的补给仓库也设在这里。不过，我和海因茨没时间四处看看。架好电台，我们沿修道院墙外的电话线来到第3营。德国军队在季赫温构建了庞大的环形"刺猬"防御，正面朝东，将指挥所设在稍高处。我们很快发现镇内部队已陷入重围，因为夜间窜入空中的照明弹，以及火炮和火箭炮的齐射，暴露出我们周边的合围圈。先前遇到 KV-2 坦克残骸处，也就是马斯特斯卡亚路口，是唯一能让电话线通过的地方，这就是我们开抵时，忧心忡忡的步兵一再询问"后方是否依然畅通"的原因。

我们和负责勘察防御薄弱处的几名士兵共用一座掩体。昨天，敌人的坦克炮弹炸死了一名中尉。因此第二天一早，我们就开始着手修理受损处，加固掩体顶。我们从最近的房屋里拆下木梁，盖在掩体顶上，又从附近打来一桶桶水浇上去。此时的温度已达到零下 30 摄氏度，浇上去的水立即冻结，能提供更好的防护。先前待在掩体里的人给我们留下个圆形铁炉，还有些柴火——是从周围的房屋里弄到的，我们在那里还找到一架钢琴（我和海因茨、沃尔夫冈把它搬入了掩体）。我会弹儿首曲子，所以对这件乐器很感兴趣。我们还用毯子遮住了掩体粗糙的木板门，总之为了让自己待在掩体里的日子好过些，我们想尽了办法。

从我们所处的位置望去，能看见部分镇区，但从未在那里见到俄国人，他们部署在这里的兵力比我们多得多，有一些是新开抵的西伯利亚师，配备了精良的冬季装备。另外，西伯利亚士兵自小就习惯了酷寒天气。

我们在季赫温周围识别出敌人 36 个炮兵连，他们手中有许多迫击炮。另外，我们首次发现对方部署了大批火箭炮，这些火箭炮更广为人知的称谓是"斯大林管风琴"或"喀秋莎"。这种武器的原理和我们的烟雾火箭炮类似。火箭炮发射轨道安装在卡车上，因而便于运动。它们在靠近前线的地方开火，随即变更位置，以免我方炮兵确定它们的发射阵地。火箭炮接连不断地射出 36 枚或更多火箭弹。火箭弹的速度很快，弹着区也很大。我后来在列宁格勒附近和库尔兰的比尔森，两次遭遇猛烈的火箭弹急袭——都是在开阔地，但每次我都毫发无损。我觉得火箭弹的实际杀伤力并不大，但会严重影响士气。依我看，炮弹的杀伤力更大。

我们在季赫温不仅首次听到"斯大林管风琴"的尖啸，还听见了德军"步行斯图卡"的轰鸣声，这种大口径火箭炮通常单发射击。据说"步行斯图卡"的火箭弹部分填充了压缩空气，所以在距离受害者若干半径内炸开时，能把他们的肺震碎——嘴里凝结的血液就可表明他们是"步行斯图卡"的遇难者。又据说，俄国人曾威胁说，要是我们不停止使用这款武器，他们就施放毒气。至于火箭弹装填压缩空气的传闻、俄国人使用毒气的威胁是不是真的，我就不得而知了。

严冬给人员和装备造成的冻害近乎灾难。只有付出最大的牺牲，才能在某种程度上保持前线的稳定。在我们这片防御地段，关于因暴露在酷寒下而丧生的报告越来越多。德军士兵配发的冬装足以应对中欧的寒冬，但完全不适用于俄国的。从长远看，针织手套、耳罩、厚大衣根本无法抵御户外零下 30—35 摄氏度的酷寒，这就是我们必须承受的状况，也不得不为此付出种种代价。最要命的是我们没有毡靴，就算反复跺脚、保持运动，血液也无法循环到双脚——双脚会被冻得冰冷，刺痛感随之而来，随后会有一股明显的暖意，但除了消除了刺痛感，你就什么也感觉不到了。冻伤从脚趾开始，如果不采取措施就会恶化，最终甚至导致脚趾，往往还包括双脚不得不截肢。而且冻僵的肉体在温暖的环境下化冻时，会让人痛不欲生。

季赫温的酷寒也给武器和技术装备造成了影响。发动机水冷系统被冻裂，铁路线遭到破坏，枪油冻结导致武器无法使用，而前线士兵的性命无疑取决于这些。机枪手用身体的热量保持机枪后腔的温度，这无疑能证明"需要是发明之母"这句话千真万确。我们几个连队在上个月的战斗中伤亡很大，再加上酷寒造成的减员居高不下，季赫温战线最终似乎肯定会土崩瓦解。我们为此忧心忡忡。

1941 年 12 月 6 日在德国是圣尼古拉节，所以我们在电台箱上摆了根银丝缠绕的红色蜡烛。我收到家里寄来的信件，母亲告诉我，我哥哥奥斯卡在某步兵连服役，目前就在列宁格勒城外——他真够倒霉的。我只希望奥斯卡负个不太严重的伤，这样就可以离开前线了。基于我对步兵种种遭遇的观察，这种情况就算不错了。我三哥弗朗茨在南方战区某炮兵勤务办公室服役。所以母亲每周要写三封信。

12 月 7 日傍晚我们接到命令，要我们去找一台手动雪橇，准备撤离季赫温。我们起初觉得肯定是听错了，德国军队怎么会后撤呢？这个消息令人沮丧，但也让人松了口气，因为我们很清楚，我们已陷入包围。我按照指示弄了部雪橇，下午晚些时候，俄国人猛轰季赫温，所有火炮悉数开火。他们显然使用了磷弹，因为整个镇子一直燃烧到傍晚，但火光也照亮了我们撤离镇区的道路。

随着夜幕降临，我们在修道院集合。这里发生了一场闹剧，几名军需官拔出手枪守卫着补给仓库——他们宁可炸毁仓库，也不愿把里面的东西分给步兵。军需官是不是管得太宽了？我对此深表怀疑。在错误的时刻过于严格地遵守规章制度，可能会导致荒唐的结果。

最后，我们悄然离开一座座燃烧的房屋，俄国人似乎没有发现。我们此刻的心情，紧张和沮丧兼而有之。我们不时遇到坐在补给路线旁的步兵，他们的脚上裹着稻草或破布，发出痛苦的呻吟或惨叫。稍有些化冻的天气带来降雪，减缓了酷寒，也让后撤行动不那么艰巨了。我们获悉这场后撤是分阶段退往沃尔霍夫河，那里已经为我们准备了预设阵地。位于卢克的大型登陆场必须守住，以此作为1942年重新发动进攻的出发阵地。我们还被告知每天要行进多少路程，以及如何到达目的地。

我们团一度担任后卫，这项任务最重要的是不能与前方部队失去联系。我和海因茨站在补给道路旁，看着最后几辆卡车从我们身旁缓缓驶过。海因茨死死盯着这些车辆，仿佛进入催眠状态，没有跑过去爬上卡车。我催促道："伙计，咱们得赶紧离开这里！你还等什么，难道你想跟俄国人待在一起吗？"海因茨没说话，仍盯着卡车车队。无奈之下，我决定自己行动。我们这个无线电小组由他负责，但在我看来，他眼下丧失了领导力。下一辆卡车减缓速度，我把电台举过卡车后厢挡板，随后爬了上去。海因茨别无选择，只好跟上。他勃然大怒道："你要是再自作主张的话，别怪我揍你！"但他很快冷静下来。我们在一起待了两年，出现严重的意见分歧就这一次。

后撤期间的某天，我们跟随最后一支部队肃清了某个村庄。当时应该是下午4点左右，天色漆黑，但火光冲天，工兵忙着用汽油点燃村内所有房屋。命令是上级下达的。焚毁村庄的目的是不让敌人得到任何住处。天气越来越冷，老人和妇女站在燃烧的房屋前，手里或怀里抱着孩子。一名妇女指着她的孩子哀求道："Malinki，Malinki！"（孩子，孩子！）这简直是一场不会结束的噩梦，现实中，谁会在这么冷的天气烧毁村民的房屋？这次可不是哪位集团军司令做出的决定，而是一道总命令。这幅毫无人性的场面成为我难以忘却的记忆之一：夜间寒气刺骨，一座座房屋在燃烧，妇女和孩子在屋外哭泣。我性格懦弱，不像克虏伯钢铁那般坚硬，否则我不会有这种感受。对任何一支纪律严明的军队来说，这种做法可能都是必要的。可人性在哪里？对手无寸铁的弱者的恻隐之心又在何处？

但人性还是有的。几天后，我们这个无线电小组被编入了步兵排，跟随步兵在卢克地域执行安保勤务，那里离后撤道路有点远。此时出于几个原因，我们都很清楚，卢克登陆场无法守住了，另外，从法国调来的第215步兵师损失很大，其防线在几处遭到渗透。他们今天接到的命令是，在一座小村庄坚守到某时，并在撤离前烧毁村内所有房屋。我、海因茨、担任排长的一名二级下士和他的部下坐在干干净净的屋内——这里住着一对老夫妻和一名中年妇女，还有两个孩子。他们友好地接待了我们，桌上的茶壶嗡嗡作响，屋外的阳光照在熠熠生辉的冬景上。一切都那么平静安详。那名妇女用瓷杯倒上茶水递给我们，我们接过茶杯，纷纷表示了谢意。出发的时间到了，我们拿起武器和装备。"按照命令我应该烧掉他们的房子，可我不想这么做！"与其说二级下士在对我们说话，倒不如说他在喃喃自语，他最终下定了决心："出发！"他的部下没有一个人提醒他执行命令。

当晚晚些时候，后撤期间随处可见的篝火把我们领入一片林间空地。我们的前胸被烤得热乎乎的，但背后依然冰冷，"中间部分"则有种冷热混合感。在那些日子里，我们很难保持愉快的心情。

后来我挤入一座过于拥挤且热得过头的两层小楼，像罐头里的沙丁鱼那样躺在一群步兵之间，想在暖和的屋内睡上几个钟头。可我根本没法入睡。瘙痒和抓挠说明这里有虱子，这又是一种我们不得不忍受的"新生事物"！我们在俄国那些年，被虱子折腾得不胜其烦，有时候其他虫子也来凑热闹。

拉脱维亚首都里加的市区边界处。

里加城内还有零星抵抗。水果市场外的
路边停着一辆俄军的 T-26 坦克。

第 162 步兵团的官兵进入里加市中心。

德军缴获的一门博福斯 40 毫米高射炮。第二次世界大战期间，许多国家都生产并使用了这款瑞典设计的火炮。这张照片的背景是里加铁路终点站。

里加，第 162 步兵团的官兵在实现当日目标后，准备离开这座城市。

战地厨房在里加的一条小街上供应食物。

里加，德军士兵在一座住宅的遮阴处休息。

苏联人撤离后，里加的一座公园。

里加的拉脱维亚国家剧院。

里加的自由纪念碑。

拉脱维亚自由纪念碑，旁边是站岗的拉脱维亚自由战士。

沃尔霍夫河战线

第六章

1941 年 12 月 23 日傍晚，我们渡过沃尔霍夫河。天气有所好转，此刻下起雪来，但风力减弱了，雪花飘落的声音清晰可辨。我们轻松地踏过地上的新雪，到达丘多沃附近的德米特罗夫卡村。接下来几个月，团部一直设在此处。

我们几个步兵连刚刚开抵，俄军侦察部队就到达了冰封的沃尔霍夫河河岸。自 6 月 22 日以来，我们师一直没离开前线，眼下又被迫在缺乏冬装和准备的情况下，抗击冬季装备精良的敌军新锐部队。我们军发布的公告说这场后撤是德国军事史上辉煌的一页。可这又有什么用呢？还不如给我们发双毡靴。为纪念掌权 9 周年，希特勒于 1942 年 1 月发表了讲话，他把德国官兵在冬季战局取得的成就称为"英雄史诗"。经历过这场战局的人都知道，他的话一点也没夸大。

圣诞夜，团信号排齐聚在一座俄国木屋里，每个人都到了。我们下午在德米特罗夫卡村南部边缘砍了棵杉树，这棵圣诞树现在就在屋内，还被我们用金银丝带和蜡烛装饰了一番。尽管它不过是棵小树苗，但在暖和的屋内依然会散发出宜人的香气。蜡烛点燃后，胡巴奇博士少尉让我们聚在圣诞树旁，亲自朗诵了瓦尔特·弗莱克斯的诗篇《战争圣诞节》，弗莱克斯是第一次世界大战中的军人。作为历史学家，胡巴奇博士少尉经常探寻过去和现在的相似之处。

庆祝活动刚刚结束，海因茨和我就奉命前往第 2 营，我们没有携带电台。第 2 营位于佩尔捷茨诺，距离新战线 2—3 千米。我们走入黑暗中，跟随领路的传令兵赶往第 2 营，听见身后传来《星光灿烂平安夜》的歌声。不过当晚没有灿烂的星光，而是下着小雪，雪花扑面而来。我们缩了缩头……

我们到达第 2 营时，刚好赶上他们分发圣诞烤鸡、冰冻的葡萄酒、冻得硬邦邦的面包——几瓶葡萄酒被冻得只能砸开，面包也只能用斧头或刺刀切成片。不管怎么说，我们好歹待在屋内，而步兵连的战友此时却不得不在露天地站岗，或忙着修建掩体——他们必须用手榴弹和炸药炸松冻结的地面，然后毫不拖延地挖掘战壕。时间很紧迫，因为沃尔霍夫河对岸，俄国人正沿宽大的战线逼近。圣诞过后，营部立即离开村庄，在铁路路堤旁的林地边缘挖掘阵地。

炸松地面后，我们这群信号兵分成三组，拎着堑壕铲、斧头、锯子、钉子投入工作。第一组负责砍伐松树，第二组把砍下的树干锯成需要的长度，第三组把木料运到正在修筑的掩体旁。这座掩体已经挖了 1.7 米深，四根粗粗的树干插入地里充当支柱，还用线缆捆扎在一起，以防支柱向内倒下，掩体顶部则铺有两层厚厚的树干。整座掩体以泥土覆盖，现在差不多完工了，就差弄个厕所。我们把空汽油桶改造成暖炉，摆放在合适的地方，还安装了烟囱，我不知道他们从哪里弄到的烟囱管。

两天后我们入住掩体。取暖设施挺管用，树干蒸发出的水分太多了，一个劲儿地顺着"墙壁"往下淌。我们在树林里总算有个能取暖的地方了，而且多少确定这里不会被炮弹直接命中，因为掩体周围的树木能挡住袭来的炮弹。当然，要是俄国人发射延迟引信炮弹，那就是另一回事了。

在俄军炮兵前移并校准他们的射界时，我们的掩体已经准备妥当。敌人的测距弹射到德米特罗夫卡和佩尔捷茨诺村，腾起小股烟云。一发炮弹直接命中我们设在佩尔捷茨诺村的前进电话交换站，但电话通信只中断了一小会儿就恢复了。两名话务员没事，只是惊慌失措地逃走了。

12月底，严寒卷土重来，温度降到零下30摄氏度，甚至更低。除夕夜，我和海因茨与第2营信号兵聚在一起欢度新年，我用两颗子弹的火药充当镁光粉，拍了张照片。

除夕夜还没结束就轮到我站岗——从23点起，在掩体外站一个钟头的岗。哨兵可以穿一双很大的毡靴，尽管如此我还是冻僵了，特别是脚。站岗时必须不停地活动，靠摆动双臂、移动双脚、揉捏鼻子取暖。脚下的积雪嘎嘎作响，这种声音令我紧张不安。树林里传来树枝断裂的声音，俄国人？我是不是该发出警报？不用，这是因为霜冻导致树上结的冰越来越重，最终压断了一两根树枝。树梢间闪烁着前线发射的曳光弹的亮光，沃尔霍夫河方向传来机枪短点射和步枪单发的声音。附近一片寂静，只有脚下发出的嘎吱声，以及"冰冷的呼吸声"。我先是下意识地觉察到轻柔的声响，随后，迫击炮弹在离我不到30米的地方炸开。除了前线的喧嚣，夜晚再宁静下来。零星爆炸的炮弹不时击中树枝，红色信号弹也不时腾空而起，朝四面八方散开，随后慢慢熄灭。

月亮升起，树林边缘前方的平原覆盖的雪毯，在树木间熠熠生辉。午夜时分，海因茨准点来换岗。我们互致新年祝福，几个连队的"烟火"表演接踵而来，各种颜色的信号弹窜入半空。随着机枪射出一个个长点射，各种轻武器也纷纷开火，大家以这种方式迎接新年。俄国人肯定对我们挥霍这么多弹药深感惊讶。我冷得什么也顾不上了，一头钻入掩体，拿起酒瓶灌了一大口，又往暖炉里添些木块，随后爬到毯子下睡着了。

第二天一早，一道多少有些克制的惊呼声吵醒了我："警报！警报！把火扑灭！

所有人离开掩体！敌坦克！别发傻，新年结束了！"

"俄国人的坦克！"二级下士格劳吼道，同时他拎着卡宾枪冲了出去。重型引擎的轰鸣声越来越响，我在此时听得清清楚楚。我们隐蔽在粗粗的树干后，看见三辆隆隆作响的坦克，沿距离树林边缘不到 30 米的小径，驶向铁路路堤附近的第 3 营营部。有个大胆的俄军坦克车长甚至从炮塔舱口探出身子。他们随后停了下来。我觉得可能是因为没有步兵支援，他们不敢前进得太远……

随着我们中的某人开了一枪，站在炮塔舱盖里的那名车长猝然倒下，随后被拽入车舱，舱盖也被砰然关闭。派到第 3 营信号分队的报务员鲁迪·森格尔爬上一辆坦克，攥着拳头敲了敲炮塔舱盖。面对一头钢铁巨兽，无助的愤怒起不到任何作用。三辆坦克再次开动，炮塔转向我们，我们很快听到熟悉的炮声和爆炸声。第 13 连两门轻型步兵炮部署在树林边缘，就在我们的掩体正前方。炮弹炸飞了一门火炮的炮轮。坦克上的机枪咯咯作响，朝整片树林倾泻火力。我紧紧地趴在雪地里。几辆坦克控制了田间小径，随后驶过冰冻的沃尔霍夫河返回己方防线。

1 月 3 日，在我去团里取了替换电池返回第 2 营途中，敌人再次发起猛烈的炮击，一发发炮弹在整条战线上炸开，似乎没完没了。很明显，这肯定是俄军发起大规模进攻的前奏。遭受炮火打击的是我方步兵阵地和炮兵发射阵地。我匆匆跑回营里，把 10.5 厘米宽的电池放在佩尔捷茨诺树林边缘。我刚刚到达营部，夜幕就降临了，此时是 14 点 30 分左右——12 月和 1 月的天色就是这样，某些气候条件下天甚至黑得更早。

炮火减弱后，俄国人沿整条战线发动了进攻，但我方几个步兵连控制的沃尔霍夫河岸的据点的射界非常好，炮兵拦截火力挡住了敌人的冲击。我们南面，俄军突破了友邻部队的防线，夜间，他们高呼着"乌拉"出现在我们营部后方。西伯利亚人穿着白色伪装服和雪地靴，穿过我们薄弱的警戒线，射倒了途中遇到的守军。他们显然企图从翼侧绕行，尔后从后方卷击我们的防线。强大的敌军出现在第 162 步兵团防线后方，该团位于我们右侧，负责据守小小的格鲁西诺登陆场。敌人达成二次突破后，营部就明白我们已经被隔断了。33 式野战电话的曲柄摇把松了，我们无法派电话维修人员在夜间穿过敌人占领的地域，只好架设摩尔斯电码收发器。团部用摩尔斯电码发来电报，告诉我们态势会在次日上午扭转。果然，第二天上午 10 点，第 81 步兵师第 161 步兵团一个营带着 2 辆突击炮赶来，强行打通了补给路线。驱离敌军后,我方部队占据了营部与佩尔捷茨诺之间的补给道路,此时零下30摄氏度,没有掩体,他们只能趴在雪地里!这里毫无射界可言,因为8—10米宽的道路外是难以逾越的灌木丛,而且还覆盖着厚厚的积雪。俄军滑雪部队随时可能从那里出现。

酷寒下,第161步兵团的官兵搭起帐篷,还把雪铲到帐篷上来保暖。他们的冬装比我们强不到哪里去。夜幕早早到来,遮掩了这幅惨状。我们几个连队刚刚获得口粮和弹药补给,就听见黑暗中传来"乌拉"呐喊声。随后是无数滑雪兵发出的嗖嗖声,他们滑得很快。没过几分钟,我们又听见射击声、金属撞击声、沙哑的喉咙喊出的命令、垂死者的惨叫声。俄国人再次达成突破,他们精心伪装的滑雪高手在最短距离内毫无征兆地迅速到达,我方士兵发觉得太晚,或者说根本没料到敌人会发起进攻。结果我们被对方打垮,并惨遭屠杀。

和昨天的情况一样,通往后方的电话线悉数中断,但次日我们又重新打通了补给路线。我们的损失远远高于对方,阵亡的几乎都是德国官兵。沃尔夫冈·冯·乌拉尔特和维利·格尔克早已丢下马匹重新担任话务员,为恢复电话连接,他们跟随德军部队投入进攻。俄国人割断了数百米电话线,现在必须重新接线。维利突然张开双臂向后倒下,这是因为一颗子弹射穿了他的心脏——他在坎佩尔的预感成了现实。隐蔽在暗处的俄军狙击手射杀了他,俄军拥有非常多的狙击手。

几天后,我们这片防区逐渐平静下来,俄国人把进攻重点转向南面第215步兵师的防御地段。成群结队的俄军士兵在我们防线后方推进,给我们各种后方勤务造成了很大的麻烦。但这些敌军遭隔断,不得不设法后撤,跨过沃尔霍夫河返回己方战线。1942年1月10日前后,友邻团发出警报,俄国人在我们主防线后方运动,正攻往第2、第3营。第3营营部设在平原另一端的铁路路堤旁,传令兵、信号兵、第13连炮组人员不得不在树林边缘占据阵地自卫,只有电话交换机仍留人值守。前线调来一挺重机枪和一挺轻机枪加强阵地,可情况恰恰相反,是我们为机枪提供了支援。

空中阴云密布,夜里漆黑一片,只有前线和平原偶尔腾起的信号弹提供了短暂时长的照明。此时的天气依然很冷。最后有报告传来,说俄国人刚刚经过第3营营部,正跨越平原。一阵令人窒息的沉默,我们茫然地凝视着夜幕,低声下达的命令沿防线传达:"敌人就在那里,别开枪,让他们靠近点。"平原中间出现了一道几米宽的灰色阴影,可能是灌木丛,反正我没发现任何动静。直到赶来支援我们的机枪和迫击炮开火，我们的卡宾枪也猛烈射击，我还是没看见俄国人。没过5分钟战斗就结束了。

照明弹随即照亮了战场，50多具俄国人的尸体散落在距离树林不远处。一名身负重伤的俄军政委或指挥员勉强举起手枪，对准他痛恨的"法西斯分子"开了一枪。随后，他就被雨点般射来的子弹杀死。不过，他那一枪也让机枪排的一名中士身负重伤。

几周后，冰雪遍地的平原上，阵亡的俄国人仍躺在他们倒下的地方，但脚上的毡靴没了，这是东线德军士兵在1941年严冬最渴望获得的东西。通常俄国人的尸体还没冻僵，他们脚上的毡靴就会被扒掉。德国国防军压根儿没想过为己方部队提供此类装备，所以俄军阵亡者的毡靴成了抢手货。

俄军高级指挥员安德烈·安德烈耶维奇·弗拉索夫中将在莫斯科保卫战期间立下过汗马功劳，1942年1月7日，他指挥突击第2集团军发动进攻，企图解除列宁格勒遭受的围困。但与突击第2集团军协同作战的三个集团军没能及时推进。尽管如此，到1942年2月，弗拉索夫的突击集团军已跨过沃尔霍夫河，在河流西岸德军防线之间推进了75千米。但弗拉索夫集团军很快被德军隔断，无法获得援兵和弹药。1942年4月，沼泽地化冻，弗拉索夫此时仍未获得空中或陆地补给和支援。陷入包围期间，弗拉索夫的部下不得不靠宰杀马匹勉强维生。1942年5月14日，德军发动进攻，弗拉索夫此时才收到命令，获准撤到沃尔霍夫河另一侧。待突击第2集团军折损大半时。他别无选择，只好率领幸存的部下穿过树林和沼泽朝德军而去，并于7月6日在斯韦尔斯卡亚向德军投降。[1]

第1营于6月底或7月初才归建，充分说明沃尔霍夫合围圈持续了很久，这场合围战以弗拉索夫突击第2集团军主力灰飞烟灭而告终。我没参加这些交战。信号兵上士席尔瓦面带讥讽地笑了笑，对我说道："我们一直觉得情况不会更糟，但我现在不这么想了。"

---

① 译者注：这段叙述与弗拉索夫被俘的经历不符。

照片最右侧是一挺配备轮式枪架的苏制马克西姆机枪，它旁边摆放着轻机枪、轻型迫击炮、步枪和其他武器。

突击队的一名上士正在演示如何操作马克西姆机枪。

1941年7月，马匹拖曳的补给大车正在通过波罗的海地区的一条河流。

第162步兵团的士兵进入阵地，准备对爱沙尼亚的一座机场发起攻击。照片右侧那名观测员正在评估相关情况。

一名二级下士在为阵亡的战友扣好斗篷。

1942 年春季和夏季 : 沃尔霍夫河

在经历了 1 月初发生的事情后，我们在沃尔霍夫河战线据守的地段陷入沉寂，这种状况持续了很长一段时间。除了侦察组和突击队的活动外，没什么值得一提的事情。俄国人据守的小型登陆场，也就是所谓的"卡斯滕瓦尔德"，在春末时被我方两门重型步兵炮（我们称这款步兵炮为"大家伙"，它发射的 150 毫米炮弹肯定深具毁灭性）夷为平地。

随后，战场陷入平静。不过，这并不是说我们可以安安稳稳地坐下来放松一下，因为几个步兵连的弟兄仍在挖掘战壕和其他防御工事。他们几乎没时间睡觉。各个连队的兵力因战斗减员而大幅度下降，得到的补充兵却少得可怜，只能勉强保持战时编制力量的一半。换句话说，本该由 9 个人从事的任务，现在只能派 5—6 人来完成。因此，他们每晚最多只能睡上几个钟头，还不断受到虱子滋扰。

我和海因茨·席曼斯基被调到铁路路基旁的第 2 营。重组期间，为确保战斗力，我们团被缩编为两个营。因此，我们团的堑壕兵力现在只有对苏战局开始时的三分之一。[1] 我本人没受什么影响。

我们在 3 米高的铁路路堤一侧构筑了掩体——掩体上方，废弃的铁路线中央，部署了一门 50 毫米反坦克炮和一门 75 毫米反坦克炮。德国军队从去年的惨痛经历中总结了教训，并迅速采取了相应措施。

我和海因茨的主要工作是捡柴火，并与烦人的虱子做斗争。捡柴火不成问题，因为铁路路堤右侧就是树林，那里生长着几种桦树——潮湿的桦木也能燃烧，而且桦树皮还能当纸张用。尽管点燃桦木时，掩体内满是刺鼻的烟雾，但圆形铁炉很快就会腾起温暖的火焰。我们把盛在饭盒里的雪水煮沸，并不断往饭盒里加雪，煮开的雪水很适合用来泡茶。口粮不断运来，营战地厨房供应的午饭总是比团部的好得多——主要差别在于厨子的手艺。所以要是没有虱子，可以说我们对眼下的日子很是心满意足。

虱子是一种微小的爬行昆虫，不能跳跃也不会飞，靠吸食血液为生。也就是说，它会钻入你的皮肤吸血。虱子造成的瘙痒，会让你不停地抓挠皮肤，导致皮肤结痂。随着温度逐渐升高，虱子变得特别活跃。我那件精致的棕色羊毛套头衫是虱子最常出没的地方，特别是衣领周围，总能发现虱子卵和大小不一的虱子。我们想，既然虱子喜热，那么严寒也许能冻死它，便做了试验。2 月份的一个寒冷的夜间，温度只有零下 30 摄氏度，我们把几件套头衫在掩体顶上放了一整夜，第二天早上发现虱子身上盖着一层白霜，似乎都死了。可刚刚进入温暖的地方，它们就恢复了食欲，而且变得更具攻击性。所以我们只好忍受虱子的存在，直到很久之后才找到对付它的办法。

夜间离开掩体是很危险的事，一是因为外面天寒地冻，二是因为敌机枪的间接火力威胁。黄昏时刻，敌机枪手会进入前沿阵地开火射击，所以没有正当理由最好不要待在掩体外。敌人使用爆裂弹和红色曳光弹，确保以火力压制铁路路堤。同时，俄国人的"执勤军士"也出现在空中。这是一款航速缓慢的双翼飞机①，我们根据它的引擎声给它起了"缝纫机"的绰号，每次空袭它只能投掷一枚炸弹（这些飞机早先投掷的是带有稳定翼的炮弹），主要用于滋扰我方辎重队。有一次，敌机投掷的炸弹击中了师里的面包房，让那里燃起大火，害得我们吃了一个星期干面包。干面包没有馅儿，要嚼个不停，所以很多人认为这东西没法吃。"执勤军士"不断实施空袭，嗡嗡的引擎声很快就成为我们在沃尔霍夫河畔的生活的组成部分。

只要提到这段时期的侦察活动，就必须提及来自蒂尔西特的利斯塔特中士。他在我们团很有名，曾多次率领巡逻队跨过冰冻的沃尔霍夫河，悄然穿越俄国人的防线，深入敌军腹地数千米实施侦察。他侦察到的情况多次引起上级部门关注，例如他发现俄军后方地带几乎没有军队，但对方的补给体系却运作良好。我们觉得这简直不可思议，因为德军后方地带的人员比前线多得多。不过，我们知道俄国人的补给体系很管用，因为他们似乎从来不缺弹药。

某天，利斯塔特中士和他的巡逻队没有回来。三天后他率领巡逻队归队，此时他们已被列入了失踪人员名单。后来他解释道，他的指南针被冻住了，结果导致巡逻队迷失了方向。这位勇敢的军人，十字勋章获得者，在1942年夏季牺牲了。当时，利斯塔特在我方地雷场之间的沃尔霍夫河岸边钓鱼——他非常清楚地雷场的位置。不过，肯定是某条鱼让他忘记了身边的危险，他用力把钓到的鱼拽上河岸时，不慎踩响了我们埋设的地雷。

1942年2月底，我收到母亲寄来的信，得知我哥哥奥斯卡于12月12日在列宁格勒附近阵亡了。他被安葬在红博尔的教堂墓地。母亲在信里写道："他勤劳的双

---

① 译者注：这里说的是波-2。

手再也无法动弹。我简直无法相信。我想徒手把他挖出来，抚摸他的黑色卷发。可我不能流露出悲伤之情，必须表现得更坚强。你父亲哭了，怨自己跟儿子待的时间太短。每晚他都为奥斯卡长吁短叹。"我再也读不下去了，泣不成声，而且一点也不觉得羞愧。海因茨注意到我的异样，但他没有询问详情，也没有安慰我，而是一言不发，以最佳的方式表达了他的同情。

1942年的头几个月，"缝纫机"朝我们投下了好几吨重的传单。我还记得传单上的部分内容，例如"到我们这里来！和你们中的大多数人一样，我们都是工人和农民，为什么要朝我们开枪？"和"休假到战争结束吧！这里有成千上万的美女等着你们，你们每天能领到三次热汤，还有果酱和巧克力布丁！"。

有时候，我们也会遇到一些可笑的事。步兵连的某个士兵收到一封从他先前在东普鲁士住宿过的地方寄来的信件——他与那里的一名姑娘的往来显然引发了"不良后果"，她在信里发出了"最激烈的威胁"。整个连队的人都乐不可支，当然，收信人不在其中。

1942年3月，我和海因茨迁到了一座更大的掩体里，驻守在那里的是电话架线兵沃尔夫冈、弗里茨·克雷布斯和第2营的几名信号兵。营里的电话交换机也设在这里。我们很快就为营长架好电台，插上耳机放在饭盒盖上。我们还接好了扬声器，这样就可以收听军队广播电台的音乐节目了。音乐营造的梦幻世界是大家的"避难所"，能让我们保持稳定的情绪。

随着太阳升得越来越高，白昼也变越来越长。化冻期到来了，国内送来的冬装也被运抵前线——没错，4月份我们才收到冬装！沃尔霍夫河洪水泛滥，冲垮了岸堤。白天和夜间，我们在冬季埋设的地雷不时爆炸。洪水淹没了岸堤和平原，但没有涌到我们所在的铁路路堤处。我们不得不弃守前线的某些掩体，掩体里的人爬到树上逃生。战斗几乎彻底停止，交战双方都在全力应对洪水带来的威胁。步行桥被架在一棵棵树上，上级给我们配发了胶靴……冰冻的沼泽在化冻后沦为泥沼。

沃尔夫冈和弗里茨一直在野外处理短路的电话线（电缆接头和裂缝处，水特别容易深入纤维层）。33式野战电话的曲柄摇把很难转动。如果地形过于复杂的话，"电话线就在一棵棵树上延伸"。

泥泞期给辎重和补给单位造成了严重影响，我们所在的丘多沃地段还算好，但南面和北面地域的情况就严重得多了。可怜的马匹不得不拖着沉重的大车（车上载满了口粮和弹药），在深达 1 米的泥沼里艰难跋涉。繁重的工作把它们折磨得疲惫不堪，看上去像老马那般憔悴，它们经常在耗尽力气后倒在地上，就这样死去。在整条补给路线上，马匹的尸体随处可见。马拉大车的驭手也很不容易，他们看上去就像在泥沼里打了个滚。尽管德军铺设了许多圆木路，但这种时候维持部队的补给非常困难，不过好在这项任务没出什么岔子。

5 月份到来了。鲜绿色的桦树、白杨、赤杨把沼泽地的风光点缀得生机勃勃。此时的夜间有时候很温暖。我们喜欢光着膀子晒太阳，治愈虱子造成的结痂。营长还在附近的小溪里放了几个捕鱼篮。鳗鱼是这里的特产。篮子里有时候会空空如也，捕到的鱼会被路过的士兵劫掠一空。一头长大的小麋鹿不慎闯入机枪射界，结果成了我们的美餐，但烤过的肉块很难嚼动。

在这个春暖花开的日子，敌人没什么动静，我们几乎一夜间就用白桦木搭建了树篱和花园长凳。所有人不辞辛劳，都想让自己的"家"变得尽量舒适些——防范被炮弹直接命中的安全性现在已居于次位。不过，这番乐趣很快被新的麻烦破坏了，无数的蚊子让人不胜其烦。身体任何部位暴露在外，都会遭到蚊子侵袭。烟雾也许能阻挡蚊子，但不管怎样，上级还是给我们配发了面罩。夜间，我们不仅要在床铺周围钉上黄麻纱布，还得仔细检查是否有缝隙，如果有蚊子溜进来的话，就得仔细聆听它们发出的细微嗡嗡声。

鉴于我们身处的纬度，每年这个时候可以说是没有真正的仲夏夜，黄昏与黎明之间几乎不存在间隔，只有 23 点后有短短两个钟头的黑夜。这种状况造成的气氛难以言述。由于在掩体内待了好几周，又没有具体的事情可做，有人患了"掩体焦虑症"。洪水和泥泞限制了我们的行动自由，掩体里单调的日子让许多人情绪低落，变得愤怒、好斗，经常做出愚蠢，甚至危险的事情。例如某个晚上，掩体里的人毫无戒备地坐在一起，点燃的炉子突然发出刺耳的尖啸声，所有人迅速趴下，以为会发生某种爆炸。可什么事也没有。随后我们才知道，某人为了取乐，从掩体外把一颗会发出哨声的烟火信号弹投入了烟囱。还有一次，一名连长外出检查巡逻返回后，端起冲锋枪朝连里一座掩体的烟囱里打了一梭子子弹，掩体内的人连滚带爬地跑了出来，一个个吓得够呛，他却觉得很有趣。这两个异常行为的例子，也许可以说明什么叫"掩体焦虑症"。

团里的反坦克连有一个腹语高手，他就是来自斯瓦比亚的上等列兵古斯特尔·伊克勒。他几次因为逗乐子而被降级，但每次他都能轻而易举地恢复军衔。某天傍晚，他闲逛到我们的掩体处。当时，我们正在打牌，他便坐在一旁观战。突然，我们听见了"救命！救命！"的喊声，似乎是从远处传来的，但刚好能听见。我们继续玩牌，呼救声再次响起，这次我们听得更清楚了。众人拎起卡宾枪跑到外面仔细聆听，只有伊克勒留在掩体内。他告诉大家："回来吧，是我喊的。"他随即展示了自己的天赋，嘴巴不动却能发出声音，真不知道他是怎么弄的。"你们这些榆木脑袋！"我们在不远处听得清清楚楚。众人乐不可支，重新回到牌桌旁。伊克勒玩得心满意足，我们也很开心。

在人人都患上"掩体焦虑症"的这段时间，海因茨·席曼斯基的心态却很好，因为他有自己的爱好。他喜欢坐在无脚椅上，把电台箱的盖子放在膝盖上，以此为台板，借助烛光在明信片上专心致志地绘制法国女人。他笔下的金发女人与棕发女人，性感的眼神充满渴求——当然，这些女人都没穿衣服。得不到情爱的人，想象力真是无穷无尽，就像沙漠里快渴死的人想象出各种海市蜃楼那样。罗伊特上士跑来抱怨道："太可怕了，到处都是席曼斯基这种娘娘腔。"海因茨抬头看了看，尴尬的脸上露出一丝讥讽的笑容，他深深地吸了口烟，又继续埋首创作。沃尔夫冈扭头看了看他，说道："海因茨，你真是个大色鬼！"

我们无聊至极，于是我产生了找一个女笔友的念头。认真考虑了一番之后，我想起了当初在东普鲁士蒂尔西特的长途电话交换站。那时候，我们在小沙尔拉克农场进行夜间例行测试，检查线路是否畅通。在此期间，我们经常跟女接线员开玩笑。我们觉得她们都是好姑娘，不管怎么说，蒂尔西特素以漂亮姑娘众多而闻名。"海因茨，我们应该给蒂尔西特的长途电话交换站写信。"我解释了自己的想法，他同意了。于是我俩都给那里的一位不知名的姑娘写了信。我们把两封信塞入一个信封，并在背面写上名字——"一等兵海因茨·席曼斯基、二等兵埃哈德·施泰尼格尔，战地邮编 04041"。然后，我们把信寄了出去。

1942 年 5 月底，我获得休假。这是我自 1940 年 10 月入伍以来的首次休假！我母亲先前去陆军办公室询问过相关情况，因为我哥哥阵亡后有些遗产问题需要解决。载有休假人员的列车的火车头前面有两节平板货车，这是防范地雷的保护措施（在卢加周边游击运动猖獗的地区特别有必要这么做）。此外，列车中央还安装有一门 20 毫米高射炮。我成了哥哥的继承人，父亲把农场交给我，他知道我希望战后能继续从事谷物贸易。可惜我的愿望没能成真，苏台德地区的德国人于1945年再次获得"解放"，但这次大家都彻底失去了家园和财产。

待我返回沃尔霍夫河前线之后，收到了蒂尔西特电话交换站的两个姑娘的回信。海因茨也收到一封回信。我没办法给两个姑娘写信，于是便根据她们的笔迹做出选择，请沃尔夫冈给另一个姑娘回信。就这样，我与这个素不相识的姑娘开始了书信往来，当时我完全没想到这场交往会持续一生。撰写本书时，我听见她在厨房里忙着准备东普鲁士的传统圣诞食物杏仁糖——我们的孙子孙女都很爱吃。

这片地区的好天气晒干了沼泽（就像冬季的霜冻所起的作用那样），在沼泽地可以通行后，交战双方恢复了敌对行动。我们设在沃尔霍夫河对岸的两座登陆场，犹如扎入俄国人肉体的利刺。于是他们集中兵力，对两座登陆场发起一连串进攻，这些进攻持续了很长时间。我们友邻的第162步兵团，为守住小小的格鲁西诺登陆场而从事了英勇的战斗。较大的基里希登陆场在第21东普鲁士师的作战地域内，我当初就是在该师的信号预备连开始了自己的军旅生涯。一连数周时间，交战双方围绕两座登陆场展开了最为激烈的厮杀，远处袭来的炮火清楚地说明了这一点。

另一方面，我们连（由克吕格尔中尉率领的第7连）与俄军步兵连私下里达成了"停战"默契，一连三天双方都没有开火，大家都在阵地上舒舒服服地晒太阳。从分队到师一级部队，"停战"成为众人的主要话题。德国人和俄国人拿着几瓶烈酒朝对方挥手，邀请他们过来一叙，但彼此都有些犹豫不决，相互间的信任毕竟还没到这个份儿上。停战约定结束前两个钟头，俄国人突然朝我们开火。之所以出现这种情况，可能是因为先前的俄军步兵连换防了，也可能是因为莫斯科与柏林有两个钟头时差。

如前文所述，8月份时沼泽地被晒干了，俄国人从列宁格勒发动进攻，试图打破德军封锁圈，从陆地为城内运送补给物资。冬季，列宁格勒需要的物资是从拉多加湖的冰面上运送的，除了为卡车开辟的"道路"，俄国人还在冰面上铺设了一条铁路线。尽管德国空军几乎每天都会发起攻击，不断给俄国人的运输线造成破坏，可对方还是把部分物资运入了城内。俄国人在铁路线两侧的雪堆里设立了精心伪装的小站——每隔一段距离就有一座。此外，他们还为忙得夜以继日的铁路维护人员建造了冰屋。每个维护组负责一段铁路的维护工作。德国空军实施了猛烈轰炸，但俄国人的补给作业最多中断几个钟头，随后就能恢复正常——德国陆军总司令部对此震惊不已。

俄国人认为，现在必须打通陆地补给线。在拉多加湖与列宁格勒之间发生的战斗，主要集中在姆加这座大型铁路枢纽附近。冬季从1月上旬起，夏季从8月中起，激战时有发生。为打破列宁格勒遭受的围困，俄军于1942年8月首次发动大规模攻势。我们对这场进攻并不感到意外。我们团此时担任的是集团军预备队，但没过几天我们团就把辖内几个营交给其他指挥部，投入了激烈的战斗。团部随后出发，在跋涉数日后到达新作战地域附近。

在赶往涅瓦河河曲部—列宁格勒的途中，我们经过了许多有人精心照料的墓地。某天，迅速靠近的飞机引擎声突然打断了我们千篇一律的行军。一架双翼俄国飞机从我们上方不到80米处呼啸而过，一架梅塞施密特Bf-109紧追不舍，并用机炮向前者射击。我们震惊地看到这架双翼飞机一头扎入我们前方150米处的树林里。这一切发生在几秒钟内。

我们的步兵连在涅瓦河河曲部的近战和反冲击期间遭受损失时，团信号排被派驻到了沙布利诺。这个居民区与我们先前住过的俄国村庄完全不同。虽说村内的建筑几乎都是木屋，但我们还是能明显感觉到它们深受列宁格勒的建筑风格影响。这些单层建筑的外墙和内部都雕刻着各种图案。就连最简陋的房屋，花园里也种植了花卉和蔬菜。我在沙布利诺的理发店理了发，还得知再朝列宁格勒方向前进16千米就是红博尔。我决定去看看哥哥的墓地，接替胡巴奇少尉指挥全排的霍费尔中士准了我一天假。

一名俄国姑娘满怀同情地替我从她的花园里采了一束鲜花，我带着花赶往公路——这条柏油路从列宁格勒通往莫斯科。我搭到了便车——此时，我们的"克里木集团军"正在向北进击，他们先前已攻占了塞瓦斯托波尔，接下来打算攻克列宁格勒。但俄国人早就料到了这一切。列宁格勒公路左右两侧的树林里，布满一个个德军炮兵连，他们接到了严禁开火的命令，以免暴露自己的位置。但不知怎么回事，俄国人还是发现了这些炮兵连，并实施了轰炸，试图破坏我方炮兵的展开。红博尔前方几千米处，一架架战斗轰炸机在空中呼啸而过，轰炸着树林和公路。我和司机赶紧躲到路边的沟里，他的卡车完好无损，我俩都没负伤。最后，我们终于到达了红博尔。

红博尔的木制教堂就在公路旁，当地一座小小的公墓环绕教堂四周，德军阵亡将士的几排墓地也在这里。这座公墓偶尔会遭到炮火打击，因为墓地间有些弹坑，而教堂的塔楼也遭到了破坏。所有墓地都长满杂草——这不难理解——我不得不拨开杂草，仔细端详十字架上写的内容。我在右侧面对教堂入口的第二排墓地，找到了我哥的墓。他的墓上有用木板箱的木条制成的标志——很简陋的十字架，横梁上刻有他的姓名和详细信息。十字架的纵梁已被弹片炸坏。我拔掉杂草，给带来的宽颈花瓶灌上公墓的泉水，再把它半埋入墓地，插上鲜花。我站在墓地旁陷入沉思，并不由得想起父母。当初，第一批军人佩戴着他们在波兰和法国战局中获得的勋章回家休假，奥斯卡跟我说，他希望有朝一日能获得铁十字勋章。我从他的墓旁抓了两把土——日后我将这些土放在硬纸箱里寄给了母亲。她做了一个玻璃神龛，上面放着奥斯卡的照片——她把这件最重要的纪念物摆在书桌上。后来，她又把我获得的二级铁十字勋章放了上去。

我不在沙布利诺期间，营长罗赫少校和他的副官维佩恩中尉阵亡了——在察看即将接防的阵地时，炮弹击中了他们身旁的树木。从第 61 步兵师组建伊始就开始担任连长的圣保罗中尉也牺牲了。我们两个连队几乎全军覆没——仅用一辆卡车就能把生还者都拉回来，他们基本上都是辎重单位和营部的工作人员。各营的堑壕兵力现在只有不到 50 人。

虽然我们的损失很大，但这种情况最终还是得到缓解。几周后，能行走的伤员都逐渐归队，几个连的兵力有所回升。按照战时编制，步兵连应该有 150 人，但现在每个连只有 50—80 人——这种情况很常见。我们团随后被调往相对平静的地段——就在所谓的"季戈达河阵地"附近，那里有一片很大的沼泽地，但裸露在外的沙地很少，根本无法挖掘阵地。因此，团部只好设在几座木屋里，还搭设了芬兰式帐篷。为满足日常娱乐所需，我们再次分接了团长的电台。因为待在季戈达河畔的日子尚能忍受，所以我本来不想说什么。不过，有两件事涉及了我们两位战友的个人生活，因此还是要谈谈。

维尔纳·楚特劳恩很想当军官，所以他去了柏林战争学院。当时，一等兵恩斯特·斯卡姆布拉克斯已被擢升为二级下士，接替了二级下士保克施塔特。我们的新团长是施佩林中校。此时是 1942 年年底，我刚刚结束第二次探亲假归队。冰冻的沼泽上覆盖着一层薄雪，温度虽低，但尚能忍受。这次，我们的冬季装备挺齐全。每个人都得到了一件军用棉衣（一面是白色，另一面是迷彩图案），还获得了皮底毡靴、毛皮帽和毛皮衬里手套。

我们空闲时还是玩牌，除此之外也没有花钱的地方。团长打来电话，让我们把电话线拉到他过夜的床铺旁。恩斯特·斯卡姆布拉克斯去了团长的帐篷——里面没人，桌上摆着一瓶法国三星白兰地。他顿时想起当初在坎佩尔时的美好回忆，"只要喝一小口，回味一下法国白兰地的滋味就好。"他是这么想的。可事实证明，"只喝一点点"是不可能的。他把电话挪到一旁，本来只想喝一小口白兰地，结果却喝了一大口。一股暖意从脚趾处油然而起，柔和的口感让人欲罢不能。他迈着飘飘欲仙的步伐返回住处，向众人大肆吹嘘三星白兰地的美味（像油那般柔滑）时，电话响了。尽管我们离听筒挺远，但还是将团长说的每个字都听得清清楚楚："谁动了我这里的电话？您本人扎好皮带、戴上钢盔，立即来向我报到！"

悲剧终于发生了，斯卡姆布拉克斯被调往步兵连，命令即刻生效。他万念俱灰，活像被判处了死刑，在收拾个人物品时连声哀叹："昨天我还是团长的宠儿，今天就全毁了。"打那以后，我就再没见过他。酒精对谁都没好处，所以我后来每次给自己倒上一杯轩尼诗时，就只会想起白兰地留给舌头的滋味，以及它让我有多恶心。几周后，我又一次目睹了与斯卡姆布拉克斯的遭遇类似的情况。

俗话说得好，祸不单行。我和海因茨分开了，在营部与另外两名电话线务员一起执行勤务。营副官无法指派团里的信号兵去挖堑壕，这让他非常失望。我们不仅以要完成手头的工作为借口拒绝挖堑壕，还打电话给团部，报告了这里发生的事情。团部给出明确答复，我们不用去挖掘堑壕，但是必须保障无线电通信在任何时候都畅通无虞。看来我们还是很重要的，我们差点要为自己在团里的不可或缺的地位而感到骄傲了。我们满意地讨论着这件事，就在这时，借助微弱的烛光，我们看见一张熟悉的面孔出现在门口——我简直不敢相信自己的眼睛。

来人是维尔纳·楚特劳恩，他佩戴着二级下士军衔。他是我们当中最优秀的士兵，他的身上挂着二级铁十字勋章、东线奖章和步兵突击勋章，可他却被柏林战争学院开除了。他低声解释了他的不幸遭遇，说他的运气糟透了："我的祖父母是犹太人，我没在宣誓声明中说明这一点。所以，我现在当不了军官了。我觉得自己就是一个下等人。我得去步兵连报到，有人告诉我，我应该以杰出的表现来改过自新。"[2]

我说道："这纯属胡说八道！"现在看来，斯卡姆布拉克斯和楚特劳恩去的步兵连，其实是个惩戒连。我们一如既往地道别。随后，等在一旁的传令兵带着他，沿狭窄的圆木路赶往步兵连。那天晚上我们没再多说什么，每个人都没透露自己的想法。"我觉得自己就是个下等人。"他口齿不清地说出的这句话仿佛一直在我耳边萦绕。

我们后来再没见到过维尔纳·楚特劳恩。1943年1月，在拉多加湖南面发生的战斗中，他腹部中弹。他没有让班里的战友陪他去急救站，以免减少连队的人手。他独自赶往急救站，但却没能到达那里。在冰冻的沼泽地和白雪皑皑的荒原上，他痛苦的一生结束了。"巨大的白色裹尸布"覆盖了他，直到春季化冻时，人们才发现他已被老鼠啃得面目全非的尸骸。

1943年那个多事之秋此时还没到来。我们在1942年过了一个平平安安的圣诞节，前线发生的事情让我们想家了——这还是第一次。俄国人沿主战线为我们演唱着最动听的德国圣诞颂歌，随后又用大喇叭呼吁我们投降——他们不遗余力地打击我们的士气。

注解

1. Grabenstärke 这个词的字面意思是"堑壕兵力",指的是直接面对敌军的人员数,也就是主战线上的兵力,不包括后勤和辎重人员。

2. 希特勒的陆军副官格哈德·恩格尔少校,在回忆录里谈到了如何处理有部分犹太血统的国防军成员,特别是这些人能否在军队里继续服役的问题。如果一个人有四分之一犹太血统(爷爷、奶奶、外公、外婆中的一个人是犹太人),就得由希特勒亲自裁决——他会查看此人的照片,然后做出决定。参阅 Gerhard Engel: At the Heart of the Reich: The Secret Diary of Hitler's Army Adjutant, Greenhill Books, 2005。

第 162 步兵团的士兵向阵亡的战友告别。

第 162 步兵团等待下葬的阵亡士兵。

一辆四号坦克和一辆轻型装甲侦察车的车组人员与第 162 步兵团的士兵会合。

P5 和 43.3 高地——锡尼亚维诺

第八章

在拉多加湖南面参加过战斗的每个德国军人，都知道 P5、P6 和 43.3 高地这些地标（也就是锡尼亚维诺、电动通道、铁路三角线、幽灵森林和文格勒路），这些难以忘却的名称与一场场激烈的战斗紧密相连——这里的战斗经常给我方部队或分队造成令人绝望的局面。我们在战斗中面对的是兵力和物资都占有优势的敌人。美国援助苏联的武器和食物很早就产生了影响。德国潜艇无法阻止美国人运来大批援助物资。拉多加湖和列宁格勒附近的激烈交战，经常要求德军官兵为坚守防线而展现出巨大的英雄气概。俄国人的 T-34 是一款性能出色的中型坦克，它不仅拥有倾斜的装甲板和宽大的履带，加速性能也不错。这款战车在沼泽地带的机动性给我方步兵造成极大的恐慌——尽管持续的时间不长。很快，我们就发现了敌坦克的薄弱点，开始使用现代近战武器 [例如 "铁拳" "战车噩梦"（我们有时候也把它叫作 "烟囱"）和空心装药吸附雷] 来对付这些坦克。此外，我军还得到了虎式坦克的支援——我们在 P5 首次见到这款重型战车。

1943 年 1 月 12 日，俄国人从东西两面同时朝拉多加湖发动大规模进攻。他们先以炮火削弱德军防御，随后对我们一直延伸到拉多加湖岸边的防御地段发起冲击。战役首日，俄国人就在德军防线上取得了重大进展。因此，我们团于 1 月 14 日搭乘大巴车赶去参战。我们的目的地是至关重要的姆加铁路枢纽站——那里现在仍控制在德军手里。我们从远处清楚地听到前线持续不断的炮火轰鸣声。一想到此行的目的，我就胃部不适，对自己能否活下来担心不已。可一旦投入战斗，恐惧感就消失了，取而代之的是听天由命感（或者说，至少我是这样的）。

炮火袭来，纷飞的弹片击中我们乘坐的大巴车。1 月 14 日，拉多加湖周边的德军部队陷入了敌军的包围。待我们到达目的地后，发现团里的几个营已投入战斗，企图打开连接阵地的通道。团信号排的人员下车后立即赶赴前线。这个冬季的天气很好，不太冷，太阳朝白雪皑皑的地面撒下温柔的金色光芒。虽然炮弹爆炸喷出的炽热粉末玷污了这块洁白的雪毯，但下一场雪很快就会覆盖一切。我们沿谷底赶往作战地域，敌人的大批战斗轰炸机朝我们飞来。

所有人赶紧趴倒在地，但俄军飞行员没有理会我们，他们显然有其他既定目标。不到 50 米开外，两门双联装高射炮朝敌机射出猛烈的火力。我们清楚地看见 20 毫米曳光弹射入敌机机身。最后，一架敌机翻了个身（它显然失控了），接着又是一架。坠落的敌机发出两声剧烈的撞击声，坠机的地方腾起滚滚黑烟。第三架敌机拖着一股烟雾继续飞行，但没过多久，伴随着引擎的轰鸣声，它就螺旋式坠落了。

兴奋之情没能持续太久。我们排成单路纵队继续行军，没走多远，几发小小的炮弹在队伍中炸开，我们赶紧缩了缩脖子。我觉得敌人射来的是枪榴弹，但我无法确定俄国人是否有这种武器。我们终于到达 P5。为修建铁路，俄国人当初不得不在沼泽地里筑坝。从事这项工作的工人，住的地方被称为 "Rabochiy Poselok"，也就是工人新村。P5 中的 P 是 Poselok 的缩写，P5 就是第五工人新村。

炮火摧毁了 P5 里的大部分砖制房屋，我们的团部设在一座房屋废墟的地窖里（就在工人新村的边缘地带），团信号排也驻扎在附近。村中央有几座土掩体，以及急救站。掩体内挤满了重伤员，轻伤员只能躺在掩体外——他们为此感到紧张不安，因为夜里冷得要命。团部正前方停着一辆虎式坦克，这辆威风凛凛的庞然大物，令人肃然起敬。可惜的是，虎式坦克的车速不够快。不过，极为出色的装甲防护性能和威力强大的 88 毫米火炮弥补了它的不足之处。上述这些，就是我们到达 P5 时看到的情况。

我们的新团长是克鲁德兹基少校。身材魁梧且很有同情心的克鲁德兹基少校，给我们留下了深刻的印象。团长的副官克里格上尉，留有一头金发，他的个头不高，是一个精力充沛的军官。他的脸上有一条长长的疤痕——可能是他在上学期间与别人决斗留下的。克里格是一个经验丰富、久经考验的连长，他的性格很开朗，就连初次见到他的人也有这种感觉。

我们坐在地窖里，等待新的一天到来。海因茨·席曼斯基不在这里，他去团部担任战斗简述员了。1 月 15 日拂晓，我和汉斯·魏克特奉命带上电台，跟随黑克勒中尉的连队一同行动，确保与团部的通信联络。黑克勒原先是我们的通信军官。随着太阳升起，温度不断上升，霜冻也开始减弱。我们进展顺利，没有异常情况需要报告。放眼望去，白雪皑皑的草原一望无垠。低矮的灌木丛和茂密的林下植物茁壮生长，枝叶上堆积的积雪为我们提供了意想不到的掩护。除此之外，到处都是齐膝深的积雪。我们的连队不断向前行军，我缩着头，背着沉重的电台，吃力地跟在后面。电台的重量让我的腿深深地陷入雪中，在这种天寒地冻的地方，我居然汗流浃背。行军途中，我们不时见到交战双方在先前的战斗中阵亡的士兵，他们平静地躺在那里，保持着阵亡时的模样，一具具冻僵的遗体，已被积雪半掩或彻底覆盖。他们蜡黄色的双手或面孔像石灰岩那样露在雪地外，上面覆盖着一层白霜。

临近中午时，我们到达一道铁路路堤处。黑克勒中尉命令我们以路堤为掩护架设电台，他向上级报告称："我们已到达铁路路堤，没有与左翼友邻部队取得联系。"我们在上方的路堤边缘架设了一挺轻机枪，不幸的是，这挺机枪有故障，无法连发射击。在我们架设电台时，机枪手跑来报告黑克勒中尉，俄国人正悄然逼近主战线。汇报完毕后，他又跑回机枪阵地，用单发模式朝敌人射击。突然，机枪手一声不响地滚下路堤，几乎就倒在我们旁边，鲜血从他左颧骨上方的一个小小的弹孔中流出。他的胳膊不受控制地挥舞了几下，双眼"惊愕"地睁着。

几乎就在同时，左侧传来了惊慌失措的叫喊声，我方士兵弃守阵地，沿路堤斜坡跑了下来。他们奔逃之际，俄国人出现在了路堤上，用冲锋枪朝逃命的德国人开火射击。黑克勒竭力挽回局面，迈开脚步追赶溃逃的部下，并大声喊道："回来，我们得守住阵地！"可他根本无法阻止这场败退。此时电台已架好，可以使用了，但我既没时间收拾装备，也来不及破坏电台。眼下的情况已彻底无望了，于是我也脚底抹油，在深深的雪地里全力奔逃，把混乱的局面和呼救的伤员甩在身后。跑出去一段距离后，我在雪堆间停下喘口气。这时我才想起，我得向团部汇报敌人已达成突破。

遥远的后方，西北面的地平线上有一个小小的高地，我能看见 P5 的烟囱。我迈开双腿，全速朝那里跑去，待我到达目的地时，已累得筋疲力尽。"您从哪里来的？"霍费尔中士惊异地问我，"我们不停地呼叫，可你们一直没有回复。"

"俄国人突破了我们的防线！那里一片混乱，我们的防线被彻底击垮了！"

霍费尔脸色苍白，赶紧跑入掩体。过了一会后，他又走了出来，陪我去团部。我一到团部，就看见克鲁德兹基少校身旁站着一位将军——他是我们的师长许纳尔中将，他亲自赶来了解情况。克鲁德兹基对我说道："您现在冷静地告诉我，到底发生了什么事？"于是我赶紧向他汇报，说我们已顺利到达铁路路堤处，可敌人突然从左翼卷击了我们的主战线，导致全连官兵混乱后撤。

克鲁德兹基问道："您会看地图吗？"

"会，长官！"

"你们到达的铁路路堤在这里，俄国人是从哪里来的？"

"大部分敌人是从左侧赶来的。"

克鲁德兹基少校转身对将军说道："不出我的所料，将军先生，我们与左侧友邻部队之间有一个很大的缺口。"然后，他就打发我离开了。

在此期间，俄国人已进入我们与通往南面的后方交通线之间，此时正向西推进。侦察部队带回的消息证实了这一点，我们被隔断在外，既没有预备队，也没有口粮。我们在团部前方设立了一道正面朝南的薄弱防线。我们与师部的电话通信依然畅通，俄国人没发现埋在雪地下的电话线。

我们通过这根电话线接到了继续坚守的指示，上级说很快会派虎式坦克发动进攻并解救我们。尽管如此，我们的情绪还是很低落。最要命的是，伤员的处境令人难以忍受。卫生员把现有的雪橇和马匹拼凑起来，运送伤员。此时仍在下雪，他们也许能找到一个缺口溜过敌军封锁线。于是，这支长长的马拉雪橇队消失在暴风雪中。

P5 处在敌军火炮和坦克炮的打击范围内。我们两天没吃东西了，弹药也所剩无几。天气随后突然好转，我们不由得期盼空军能为我们空投补给。傍晚前后，飞机来了，但数量不多，在星空的映衬下，我们看见几架飞机模模糊糊的轮廓。空投的补给罐，有些落入了敌军防线后方。由于几个步兵连比我们更需要补给物资，我们一个补给罐也没得到。

到 1943 年 1 月 17 日，上级仍未派虎式坦克发动进攻解救我们。我已经饿了三天，我把最后一听鱼罐头藏在电台包里。我们一个个筋疲力尽，紧张不已，但只能蜷缩在掩体内，不停地抽烟。一声突如其来的叫喊突然让萎靡不振的我们振作了起来："所有人都出去，俄国人的坦克发起进攻了！"我们高呼："呼啦，呼啦！"然后，我们在几座医护掩体间散开，朝东面入口处出现的身影开火。我们的虎式坦克也做好了战斗准备。由于油料所剩无几，这辆战车无法移动——这点油料只够它转动炮塔。大批敌坦克已冲过工人新村入口，虎式坦克的穿甲弹仅剩几发。我们的虎式坦克开始朝一辆敌坦克开炮。第一发炮弹射出后，一辆敌坦克中弹起火；第二发炮弹又击毁了另一辆敌坦克。俄国人发现了我们的虎式坦克，炮火立即朝它袭来。虎式坦克的装甲指挥塔上窜出一米长的火星，但敌人的炮弹没能穿透坦克装甲。一名年轻的装甲兵少尉站在医护掩体顶上，指引虎式坦克射击。虎式坦克每射出一发炮弹，都意味着俄国人少了一辆坦克。一连折损 8 辆战车后，俄国人停止进攻，撤了回去。我们的身体都很虚弱，但亢奋的精神还是促使我们高声喊出"呼啦"的战斗呼号。不过，这场防御战的胜利，仅仅意味着我们还能暂时活下去。

我们的末日似乎往后推迟了，1943 年 1 月 18 日 1 点 30 分前后，我们接到突围的命令，上级要求我们冲向 P6，也就是位于锡尼亚维诺的德军防线。凌晨时刻，全团分成两股突围部队动身出发——克鲁德兹基少校率领第一股突围部队，我则加入了由克里格上尉率领的第二股突围部队。克里格上尉端着冲锋枪走在队伍最前方。我们开始突围时，天色一片漆黑。离开 P5 没多远，我们的队伍就停下来四散隐蔽——敌人的两辆轻型坦克挡住了我们的去路。沼泽地的冰面在坦克的重压下破裂，敌坦克有四分之一的车身陷了下去，但车组人员还是继续用车载机枪朝我们射击。来自蒂尔西特的科普中尉趴在我左侧，他参加过沃尔霍夫合围战，并因此荣获了骑士铁十字勋章。可他现在牺牲了。快到拂晓时，我们才得以继续前进。众人都疲惫不堪，饥肠辘辘。我们不得不用尽最后的力气，在齐膝深的雪地里艰难地向南跋涉。因为，掉队的人只有死路一条。我们继续前进，没再遭遇敌人，就这样穿过了对方的第一道封锁线。

对我来说，更痛苦的经历还在后面。此时天色已亮，我们在团主力的侧面来到了一片稍稍有点升高的丘陵地带。此处遍布死去的马匹、翻倒的雪橇，还有不少德军死伤者——是先前离开 P5 的那支运送伤员的马拉雪橇队。"同志，带上我吧。"微弱的恳求声从雪地里传来，这名伤员穿着原野灰军装，身上扎着绷带。幸免于难的伤员祈求我们救救他们，可我们实在是没力气了。要是这些伤员里有谁能用一条腿蹒跚行走就好了！我们没法抬着他们走。硬着心肠离开的我们，知道他们肯定会丧生。他们即将面临的结局是：要么冻死，要么被追上来的俄国人杀掉。我们是这些可怜人最后的一丝生还的希望，但我们现在却丢下他们自行离去。罪疚感油然而起，仿佛我们就是导致他们丧生的凶手。时至今日，我还是无法放下这一心理负担。可在当时的情况下，就算我们牺牲自己的性命也救不了他们。

我们再次踏上艰难的行程。敌人的步兵朝我们开火射击，我们赶紧趴在雪地上。我面前的积雪喷溅了几秒钟，随后从雪堆后方举起四只手。两个俄国人犹犹豫豫地朝我们走来。我们身后的部队的规模可能促使他们做出了这一决定。现在，这两个俄国人跟随我们艰难行进。没人理会他们，我们要做的事情太多了。因为，我们此刻又遇到了新的悲惨局面。

精准的炮火从南面袭来。"只能是德军的火炮！他们肯定以为我们是俄国人，所以开炮拦阻！"看来，P6 的守军似乎想完成俄国人在 P5 没能做到的事情——把我们都干掉。从南面袭来的炮火相当准确，幸亏我在铁路路堤分叉口找到了可以藏身的地方。一发发炮弹要么在上方路堤处炸开（弹片从我头上掠过），要么落在我身后20—30 米处。虽然大多数人仍继续朝炮火袭来的方向前进，但布比·比克斯还是趴在我身旁。可怕的几分钟时间过去了，炮手终于看见了我们射出的信号弹，确定我们是德国人。看来，党卫队"警察"师和 P6 守军并不知道我们突围的消息。我们遭受的伤亡，大多是由己方火力造成的。克鲁德兹基少校身负重伤，由部下抬着他行进，他命令他们把手枪递给他。据说，他的遗言是："告诉我的妻子和女儿，说我死得其所。"团长自戕时我不在场，而是和克里格上尉率领的突围部队待在一起。少校很了解他的部下，他之所以自戕，要么是不愿意拖累他们，要么就是知道自己的伤势没救了。

在我们身后的开阔地处，俄军的炮兵已部署就位。这一地带很平坦，目力所及之处无遮无掩。第一轮炮弹落在 P6 及其周边，跟随我们一同行进的两个俄国人趁机溜走了。伴随着剧烈的爆炸，棕色的粉尘烟雾腾起，但俄国人的炮击目标是我方炮兵，而不是我们。

我们终于离开危险地带，到达位于 P6 的己方防线。一名骑手从我们身旁策马而过，他朝我点点头，一切尽在不言中。细长的金发遮住了骑手的耳朵，防毒面具的护目镜映衬出黄灰色的天空，他肯定是恩斯特·斯卡姆布拉克斯，他的一只脚上裹着厚厚的绷带，胯下的马匹拖着一具芬兰雪橇，雪橇上载着一名伤员。对恩斯特来说，这场战争结束了。他为德国军队做的最后一件事是救了一名伤员——实际上，是那匹马救了他们俩。

在 P5 发生的战斗就这样结束了。胡子拉碴、满身污垢的我，来到了山地兵连的战地厨房前。第一勺热汤的滋味妙不可言，热汤瞬间温暖了我全身，让我宛如置身天堂。厨师为另一支部队的人员供应饭菜应该没什么风险，因为他的那个山地兵连领取口粮的人数正在不断减少。

团信号排集中在炮兵发射阵地后方的一座旧掩体内。掩体内有一桶温水，可供我们洗脸、刮胡子。众人盥洗一番后，肥皂水的颜色和稠度变得让人恶心。我原本指望可以休息、恢复几天，但辎重单位却开始从突围部队里搜罗所有步兵，想要做好应对一切意外的准备。在这种情况下，我们只能休息一天。

次日，也就是 1943 年 1 月 20 日，我们在 43.3 高地占据了预设阵地。我们在几个迫击炮连和炮兵连之间找到一个旧炮兵弹药掩体。我们蹲在结满了冰的地上，被冻得瑟瑟发抖。几个迫击炮连的阵地上，传来震耳欲聋的齐射声。这种猛烈的火力无疑对提升我们的士气很有好处。炮弹出膛后，空中传来轻微的沙沙声，然后是细细的呼啸声——一发发炮弹飞向敌人，爆炸引发的火焰和黑烟形成一堵宽阔的弹幕墙。如此猛烈的迫击炮火力让人赞叹不已。敌人在知道我们的"堡垒"里布满了各种口径的火炮后，也以炮火还击，并投入了战斗轰炸机。

我们等待着新的命令。夜幕降临后，我们找到一个圆铁炉和两袋木炭，然后把炉子放在掩体中央，让炉火熊熊燃烧。炉子热力十足，就连掩体顶部下方坐在木板床上的人也感觉到了暖意。我们用毯子遮住掩体入口，以免热量散失。就在这时，躺在木板床上的人开始抱怨头疼、恶心。埃里希·舒伯特开始胡言乱语，突然唱起不成调的歌曲。一氧化碳中毒！我们赶紧把他抬到掩体外，让他呼吸新鲜空气。冷得要命的他，清醒过来后悄然钻入了温暖的掩体内。没过多久，他又不行了，我和布比·比克斯只好再把他抬到外面。

这片地域遭受的炮火打击几乎持续不停。我没听见炮弹袭来的声音，但我突然觉得脊柱下部像是被土块砸了一下。随后，我感觉到鲜血从中弹部位流了出来。幸好我还能走动。急救站设在附近一座掩体内，医护人员给我挂了个"负伤"的标签，还给我贴了块敷料，打了破伤风针。然后，我返回自己的掩体，坐在暖炉前等待雪橇把我送往后方。得了黄疸的特奥·勒斯勒尔朝我咧嘴笑了一笑，仿佛在说："伙计，我们都挺幸运！"

第二天一大早，我刚刚躺到雪橇里的干草堆上，驭手就吆喝马匹动身——他显然想尽快把我们送出火炮的射程外——待我们到达克尔科洛沃就安全了。位于沃洛索沃的第508野战医院是我们的最终目的地，这里离涅瓦河有70千米左右的距离。一位来自维也纳的外科医生替我做了检查，然后说我非常走运，要是弹片再偏几厘米的话，我可能就会截瘫了。由于弹片卡在神经末梢之间，位置很不好，所以他决定不动手术。在排出脓液后，他替我缝合了伤口。时至今日，这块指甲大小的弹片仍留在我体内，我把它当成"1943年1月20日那天的纪念品"。我在医院休养了五周，日子过得很平静，只是沃洛索沃遭到了两次空袭。在此期间发生了一件趣事，有护士抱怨不迭，说夜间有蟑螂在包扎室的鱼油药膏上大快朵颐。

我住院期间，斯大林格勒的战斗结束了。我觉得自己的经历与那些将士在斯大林格勒所遭受的苦难相比，实在是微不足道的。随着时间推移，我学会了解读国防军公告，知道该如何把一份份战报理解为影响成千上万人的军事灾难。

人类最大的不幸莫过于战争。

为期五周的休养结束后，上级派我去里加的康复连再待两周，然后从当地乘火车返回信号排。我们团在一片平静而又美丽的沼泽地带等待着春天到来。虽然我们的居住条件并不好（住在土制掩体或木屋里），但至少不会再遭受炮火打击了。由于勤务工作不多，乐队成员（他们原本在前线担任医护人员、卫生兵和担架员）都重新拿起了乐器。乐队演奏的曲目很多，从我们团的进行曲到流行歌曲应有尽有。

1943 年春季，俄国人朝我们撒下大量传单，大肆宣传他们在斯大林格勒赢得的胜利。传单正面写着 330000 这个数字，还在下方指出，俄军俘获了第 6 集团军90000 名官兵。俄国人后来投下了更多的传单，传单的标题是埃里希·施泰讷特和冯·赛德利茨将军成立了"自由德国委员会"——传单配有照片，并在下面附注了相关消息。这些传单上总是印有斯大林的话："希特勒们来来去去，但德国人民永存。"在俄国人设计的各种传单中，有一份我特别欣赏——传单左侧是一个健壮的俄国人，他光着膀子，用雪搓揉胳膊和胸膛，显得生气勃勃；一个德国兵站在这名俄国人旁边，被冷得瑟瑟发抖、鼻涕直流，他缩着脑袋，戴着厚厚的耳罩，总之看上去可怜至极；传单下方还附有说明："在俄国人看来有益于健康的东西，对德国人来说就是毁灭。"值得一提的是，在所有传单上都印有批准德国逃兵穿过俄军防线的通行证。

1943 年春季，我庆祝了与素未谋面的蒂尔西特姑娘成为笔友的一周年纪念。我们越来越私密的往来书信，无疑超出了笔友的界线。她会不时给我寄一本袖珍书——通常是小说——她包装战地邮包的手法一丝不苟，多少让我了解了她的某些性格特点。每次有报道称我们这段战线发生了激烈交战，她就会在信里表达对我的担心。她唯一的哥哥海因茨是一个步兵少尉，她非常喜欢他。不过，斯大林格勒战役结束后，她就再没听说过他的消息（海因茨后来再也没能回家）。她的信件成为我从军生涯的组成部分，我每次都翘首以盼。

满身尘埃的士兵感激地接过爱沙尼亚村妇送来的饮水和水果。

身着野外伪装的侦察巡逻队。

爱沙尼亚，第162步兵团的士兵正在与当地姑娘聊天。

一处遭弃守的阵地,该阵地设有铁丝网。

1941 年 7 月,二等兵保罗·海因茨和格奥尔格·鲍姆加特在珀尔察马附近因遭炮击而阵亡。

（德军士兵）在露天的帐篷布下过夜后，晨雾逐渐消散。

1941 年进军期间，设在爱沙尼亚农舍的团部：坐在桌子旁的是第 61 步兵师师长西格弗里德 · 黑尼克中将，坐在墙旁边握着电话听筒的是第 151 步兵团团长瓦尔特 · 梅尔策上校，另外几人是拉普雷格中尉、潘科夫上尉、黑克勒少尉。

休息时间：第 151 步兵团第 1 营的巴尔特鲁沙特少尉和他的中士。这张照片摄于 1941 年的爱沙尼亚。

基里希登陆场

1943 年 5 月中旬前后，我们来到了沃尔霍夫河东岸的基里希登陆场，此处位于通往列宁格勒的铁路线上。自德军于 1941 年秋末向前推进起，这片一直没有特定用途的地域，不断遭到炮火打击。在先前的防御作战期间，整座登陆场都被夷为平地，别说村庄荡然无存，就连烟囱也没留下。我们几个连队目前待在残存的地窖里。整座登陆场沿河岸延伸了 2 千米左右，纵深为 1 千米。最要命的是，登陆场完全处于敌军监视下，成为俄军狙击手的天堂——当然，德军也派了狙击手还以颜色。

基里希最重要的地方就是沃尔霍夫河上的桥梁——我们的团部设在铁路路堤的路堑处，离这座铁路拱桥不远。这座长几百米的桥梁，两端已被炸药破坏，桥上部分钢制结构垂入了河里。桥梁水线以上的缺口已得到修葺——用木料和木板连接，至少能确保步行交通正常。虽然所有的补给物资都是在夜间运送，但运输队还是几乎一直都会遭到烦人的炮火滋扰。鉴于这种情况，白天必须过桥的人就得充分发挥想象力，采用最合适的步态和速度。我待在基里希登陆场的那段时间，在桥上往返了三次——也就是说，我在桥上走了六趟。电话线务员在桥上往返得更频繁，因为无论电话线铺设得多么谨慎，它总是很容易被弹片割断。一旦电话线遭损坏，线务员就得坐在桥上，设法在缠结的线缆中找到断头，再重新接好。炮兵和师部经常派线务员去执行这项任务。我们对炮弹命中桥梁时，震颤的钢架发出的声音熟悉无比，就像听到家里的挂钟发出的报时声那样。

战地厨房和口粮供应车当然不在桥上，而是停在桥梁两侧。饭菜被装在罐子里，想吃的时候加热即可，有时候是豆子配培根，有时候是豌豆和扁豆配熏肉，有时候是米饭和卷心菜配牛肉，再加点冷食口粮和其他东西。这些物资、弹药和装备必须在夜间冒着敌军的炮火运到桥对面——第 500 惩戒营的人负责执行这项任务，用不着多说什么了，一切评论都是多余的。

我们的新团长是来自蒂尔西特的米勒 - 梅拉恩上校（我刚入伍的时候就认识他，后来他被调到师部去了），他的副官是赫尔曼·舒马赫。某天，我和布比·比克斯奉命去见上校先生——他是一个充满阳刚之气的军官，从不忌讳抛头露面，我们团所有的战术徽标上都有他名字的首字母"M-M"。我们总是能找到团部所在地，根本用不着打听。到达团部后我才知道，原来我获得了二级铁十字勋章——我是梅拉恩上校到任后，团里第一个获得勋章的士兵。"您知道自己为什么能获得这枚勋章吗？"

他问道。这份荣誉让我晕乎乎的，听他问起才想到，我在基里希好像没做出什么配得上二级铁十字勋章的贡献。

"是因为在 P5 发生的事，"他解释道，"你及时跑回团部报告了俄国人达成突破的消息。"这枚勋章让我心花怒放，因为它能证明我是一个东线老兵，是一个下级"前线猪猡"。① 我先前得到过东线奖章、步兵突击勋章、黑色战伤勋章，现在又获得二级铁十字勋章，总算是完成了我的"收藏"。至于人人向往的近战勋饰，我已经历了 13 个获得核实的近战日，到 1944 年夏季时，再经历两个近战日就够格了。但我没有不顾一切地"完成两个近战日"——这也许就是我能活下来的原因。个人的命运之轮如何转动自有定数，谁都不能贸然干预。

我在基里希暂时受领了一项新任务。海因茨·席曼斯基休假了，他推荐我担任副战斗简述员。这份工作需要一大早就起来收集各营关于昨晚情况的报告（例如伤亡情况、堑壕兵力和所有不寻常的状况），然后进行汇总，并立即呈报团副官。虽说现在相对很平静，但每天还是有人死伤在敌狙击手枪下。我的主要任务是在描图纸上按比例勾勒出草图，以各种颜色标出登陆场附近，德军以各种武器（包括机枪）取得进展的整个过程，以及德军方面的所有变化，并标注已探明的俄军设施和他们配备的武器。

我很喜欢这份工作，不仅有趣，还能了解更多情况。要说基里希有什么让我不开心的地方，那就是这座小型登陆场位于几百米宽的河流对面，而我却不会游泳。1942 年，俄国人发起进攻期间，他们差点到达了沃尔霍夫河上的桥梁。除此之外，我对基里希还有什么不满吗？也许是蚊子的骚扰，以及敌人以大口径火箭炮轰击我们团部——这种炮击不多见，但每次都令人心惊胆寒。这种火箭炮据说是美国人提供的，但我在登陆场时，我们没有一座掩体中弹。

---

① 译者注：前线猪猡是德军士兵称呼步兵的俚语。

爱沙尼亚雷瓦尔的一所大学。

雷瓦尔的亚历山大·涅夫斯基大教堂。

波加雷卢什卡

这段时期几乎没发生激烈的战斗，我们要么担任预备队，防范俄国人在夏季打破列宁格勒封锁圈，要么干脆休整几天。团部和几个连队目前都驻扎在波加雷卢什卡村，这座村庄距大型铁路枢纽站姆加只有几千米远。村内一座木屋里没有害虫，天气一直很好，我们的情绪也很高昂。俄军炮兵不时对姆加发起炮火齐射，炮弹从我们上方掠过，飞向姆加火车站（也可能飞向被部署在那里的重型铁道炮）。

俄国人升起系留气球，炮兵观测员坐在吊篮里，他无疑能从上方把我们驻守的村庄看得清清楚楚。如果德国空军战机出现，俄国人就会立即收回气球，待我方飞机离开后，他们又会重新升起气球。为预防万一，我们在房屋后面挖掘了窄窄的掩壕，而且还按照步兵手册里规定的那样，把这些掩壕挖成之字形。我们将精心伪装过的信号车停在了隐蔽处。

在离穿过村庄的道路约 100 米远的地方，有一条与道路平行的小河，小河两侧的赤杨树准确标明了河流走向。忽然，一发炮弹在小河旁炸开，过了一会儿又落下第二发炮弹。这些炮弹没有对我们构成任何威胁，敌人的目的令我们感到困惑不解。次日又是一个好天气。我在门口擦靴子，霍费尔中士把短波接收机调到武装部队广播电台频率，收听转播的音乐会。突然，几发炮弹嘶嘶作响地从湛蓝的天空上落下，在村内道路中央和我们附近的房屋间炸开。敌人对波加雷卢什卡村实施炮击了！

我和霍费尔跳入狭长的掩壕。我们居住的房屋中弹时，我正在等待对方重新装填炮弹的几秒钟间歇时间。随即，我跳出掩壕，冲过草地奔向铁路路堤——那里有掩体和马厩。炮击持续了不到 10 分钟，波加雷卢什卡村内很多地方起火，还有许多马匹非死即伤——目睹它们遭受的痛苦，我们只好补上"仁慈的一枪"。沃尔夫冈·冯·乌拉尔特发觉信号车上搭载的空心装药吸附雷有殉爆的危险，便把这些大车推离炽热的烈焰，他的举动惊呆了整个团信号排。沃尔夫冈推着大车，朝旁人喊道："赶紧让开！"包括军官和军士在内的所有人迅速为他让出道路。他的英勇行为挽救了载有通信装备的几辆大车。除了马匹之外，这场炮击还给几个连队造成了一些伤亡，但我们排很幸运，没人负伤，没人阵亡。

1943 年 8 月，俄国人似乎为解列宁格勒之围发动了新攻势。在去年的冬季战役期间，他们于拉多加湖南面夺得了一条 9 千米宽的陆地通道。我们团的几个营已投入交战，团部决定把信号排的人员派到卢加地域去对付游击队，任务是探明一座位于沼泽地带的沙岛上的游击队老巢。这又是一场全新的行动。我们的目的地是一片低矮的丘陵地带，那里不仅散布着若干沼泽和林地，还有一片小小的湖泊。夜里，我和村里的年轻人一起参加了舞会，同去的还有维尔纳·哈费比尔和排里另外几名战友。我们与那些民间舞蹈家排成一排。众人尽情跳舞，踩踏得墙壁和地面都在震颤。游击队员也许一直都在村子边缘或村内监视着我们的愚蠢行为，但我们没给他们可乘之机。直到返回住处后，我们才觉得先前的举止过于鲁莽草率了。

第二天，我和维尔纳带上电台加入了一个反游击班。这个由一名德军二级下士率领的班里只有我们三名德国兵，其他人都是我方领导组建的"俄罗斯解放军"的成员。我们小心翼翼地出发了。因为游击队员惯于沿各条小径埋设地雷，所以我们行进得非常谨慎。我们的行进路线穿过了湿软的森林空地和林间小径。最后，我们来到一条小河旁，打算在这里过夜。我们三个德国人睡在一顶帐篷里，而我们的俄国战友则去河边用手榴弹炸鱼——此举就相当于告诉游击队员我们来了（可以确保我们能安安稳稳地过夜）。22 点左右，剧烈的噼啪声突然把我们从睡梦中惊醒。二级下士跳起身，一把掀开帐篷门帘，把它丢在我和维尔纳身上，然后端着冲锋枪站在那里，盯着俄国战友点燃的熊熊篝火。此时，为了让篝火能彻夜燃烧，那几个俄国人还在砍柴。毫无疑问，在这种情况下，游击队不会与我们意外相遇——这可能就是那些俄国战友点燃篝火的用意。不得不说，我觉得这样挺好的。

次日，我们没有与敌人发生接触就返回了。突击队执行的行动也一无所获，他们到达沙岛，也找到了游击队的掩体，可敌人早已逃之夭夭。对方肯定是借助晨雾，悄然溜过德军封锁线。我们返回拉多加湖依然平静的战线——在这里至少能分辨敌我。上级问我想不想休假，我欣然接受。就这样，10 月份我获得了第三次探亲假，此次休假对我日后的生活起到了决定性影响。

回家途中，我发现德国和苏台德故乡的气氛很奇怪——虽说人们对胜利充满信心，但气氛却很压抑。面对比林仓库昔日同事的询问，我无法心安理得地给出乐观的回答。仓库主管语带讥讽地告诉我："等着吧，我们很快就有神奇武器了！"年长、兢兢业业的簿记员克诺布洛赫是我以前的顶头上司，他隐晦地指出我们已经输掉了战争，还问道："届时我们这些苏台德的德国人会怎样呢？"我回答不了他的问题。他可能想到等那些狂热的捷克人回来后……

休假很快就结束了，1943 年 11 月 21 日我乘火车取道德累斯顿赶往蒂尔西特。列车于 14 点到达蒂尔西特后，我才发觉自己无所事事，因为我要等到 20 点才能向波格根的前线管理办公室报到。于是我把步枪存放在行李寄托处，然后前往电话交换站，想见见素未谋面的女笔友。电报局里的一位女士遗憾地告诉我，N小姐今天不上班，她应该还在家里。这位女士还热心地指点我如何去格林瓦尔德大街。于是，我怀着惴惴不安的心情出发了。蒂尔西特几天前曾首次遭到轰炸。穿过几座被炸毁的房屋，又上了一个坡之后，我终于找到3号房间，并按响门铃。无人应答。我再次按响门铃，终于出来了一个管家，我说明了来意。她告诉我："真不巧，夫人和小姐平日都待在家里，可今天她们去给过世的亲属订花圈了。您不介意的话进来等等吧，请进。"我接受了邀请，随后得知了我想知道的情况：这个和睦的家庭在蒂尔西特住了15年，小姐（我的笔友）是个好姑娘，长姐仍在求学，二姐已成家。

时间一晃就到了17点，我不得不告辞，屋外的蒂尔西特已漆黑一片。走出去不到30步，身后格林瓦尔德大街3号的房门开了，有人以活泼、清朗的声音喊我的名字。我转身望去，一位姑娘匆匆朝我跑来，伸手挽住我的胳膊，带我去见我未来的岳母。

与笔友的首次见面持续了整整一个钟头，她决定了我们的未来。她本人比我先前在照片上看到的漂亮得多，而且落落大方。在前往蒂尔西特火车站的途中，我问她有没有想过，我们以后在信里用"你"而不是"您"来称呼对方……这句话说出口后，我们都沉默了，都知道对方就是自己日后的婚姻伴侣。我离开时，脖子上挂着一个小小的琥珀心——这是爱情天长地久的象征。

1943年11月25日，我在姆加铁路三角线归队后，才得知我休假期间，俄国人发起了一连串猛烈但规模有限的局部进攻——这些进攻都被德军击退。前线再次平静下来，我们希望能过一个安安稳稳的圣诞节。圣诞节前的那些日子，我只记得硕大的老鼠在团部周围和各座掩体间跑来跑去。阵亡者的遗体被暂存在团部，准备择日葬入军事墓地。夜间，老鼠在遗体周围活动。要是有谁在黑暗中拧亮袖珍电筒，他肯定会被光束照亮的空颅骨吓一跳。因为颅骨已彻底腐烂，只剩几缕头发。一只只肥硕的老鼠大得像猫一样，它们坐在这些遗体间。灯光下，它们的眼睛闪露出幽灵般的磷光。这些老鼠并不会逃开——它们吃得太多，一个个懒洋洋的。这一幕令我惊恐不安。

一辆开赴列宁格勒的四号坦克，一辆三号坦克尾随其后。这张照片摄于苏德战争的第一个秋季，从坦克车组组员穿的大衣可以看出，他们要去的地方很冷。

1941 年 8 月，雷瓦尔起火燃烧。

团部人员从体育馆察看燃烧的雷瓦尔，他们所在的地方与战斗发生地相距较远。照片里的人是帕夫尔齐格上士、诺亚克中士和一名不知道姓名的士兵。

争夺列宁格勒的最后之战

通常来说，人们可以取道芬兰湾从海路进入列宁格勒。此时，芬兰湾北岸要么是芬兰领土，要么由芬兰军队据守，而列宁格勒郊区与爱沙尼亚之间的芬兰湾南岸已被德军占领——奥拉宁包姆登陆场除外。这座沿岸登陆场宽 30 千米左右，纵深为 16 千米。自 1941 年列宁格勒陷入围困起，这座登陆场就一直控制在俄军手里。红戈尔卡要塞位于登陆场中央。1943 年 9 月，苏联最高统帅部决定，要是德军在接下来的两个月后撤的话，苏军就按计划从奥拉宁包姆登陆场发动进攻，"一举解除列宁格勒遭受的围困"。因此，俄军从 1943 年 11 月初起，利用夜色把数千名士兵和大批火炮、坦克悄然运入登陆场。1944 年 1 月 14 日，在波罗的海舰队的战舰，以及喀琅施塔得海军基地和几座近海岛屿的炮兵力量支援下，俄军突击第 2 集团军冲出奥拉宁包姆登陆场，试图打破列宁格勒包围圈。

圣诞节过得很平静，但我不会傻到相信敌人不再发起冬季攻势。俄国人的确发动了进攻，他们选中的突破地点是奥拉宁包姆登陆场——就在昔日的疗养院附近。德军沿半圆形陆地封锁线部署的作战力量，只有经验不足的第 9 和第 10 空军野战师。

我们开抵奥拉宁包姆附近后，在坚固的混凝土掩体内过夜。从这里向东望去，能看见列宁格勒郊区和一座闪着灯光的灯塔。关于 1944 年 1 月 14 日，我只记得我们团不得不执行最艰巨的后卫任务。敌坦克从四面八方而来，完全出乎我们意料，几个步兵连被打得措手不及，损失惨重。布比·比克斯阵亡，维尔纳·察恩失踪。我那部电台出了什么事，我记不得了。

德军这场后撤，初期阶段的情况我记不太清了。面对敌人强大的坦克力量，我们薄弱的防线骤然破裂，我们夹在无尽的人流中，朝西面这个大致方向跋涉，人群里有文书和辎重人员，也有步兵、信号兵与传令兵。不过我确实记得人群里有团部的诺亚克中士——他是一个沉着镇定、从容不迫的人，说的话都要经过深思熟虑。我们先前曾遭遇炮火打击，我和他一同奔跑着寻找藏身地。诺亚克中士肯定很有运动天赋，因为我发现他跑得飞快，我根本追不上他。我们朝一座小山丘跑去，两辆敌坦克紧追不舍，好在没等它们开炮，我俩就已冲上山顶。我们在上面找到一个坦克炮手无法攻击到的藏身处。

次日，团部人员在一座类似城堡的大型建筑内集合，准备组织下一道防线。由于弄丢了电台，我现在不得不和一个担任志愿者的俄国人用雪橇前运弹药。我和他坐在弹药箱上。当天天气很好，阳光灿烂，一匹矮小但很结实的俄罗斯草原马拖曳着雪橇。前运弹药的路程不算远，因为连指挥所就设在离"城堡"不远的一座小农舍里。我在连部见到了第 2 营信号分队原先的二等兵黑格勒，他是涅瓦河河曲部的近战高手。他现在当了军官，还担任连长一职，见到他后我不由得愣了下。黑格勒见到我对他获得擢升的反应后，朝我露出友善的笑容，但作为军官，他还是与我保持了适当的距离。没等我们开口说话，空中就传来阵阵呼啸声，一发发炮弹落在周围。我们一头扎入附近的干草垛。又一轮炮火接踵而至，这次苏军用的是"斯大林管风琴"。火箭弹的落点离我们很近，爆炸产生的冲击波震得人耳膜发疼。黑格勒少尉、俄国志愿者和我都毫发无损，那匹矮种马也没有受伤——它和我们一样，震惊而又恐惧。我和俄国志愿者迅速搬下一箱箱弹药，朝黑格勒少尉敬礼后就赶紧离开了。后来我再没见过他，有报告称他在次日的战斗中失踪了。待我回到"城堡"后，发现窗玻璃都碎了——显然是"斯大林管风琴"干的。

次日，团部撤往后方——第 2 营营长布尔措斯卡少校在当天阵亡了。新团部设在村子（我记得好像是基彭村）北面的一座房子里。列宁格勒—纳尔瓦公路穿过村子南端，各部队的后勤人员从这里经过，向西而去，我们会在次日跟上他们，因为我们手头没有部队，无法控制这片地域。

米勒 - 梅拉恩上校待在屋内，从这里可以远眺向西面延伸的平原。房屋前方部署了两门经过精心伪装的反坦克炮（一门是 37 毫米口径，一门是 50 毫米口径）。此时阳光明媚（这个季节一贯如此），能见度非常好，但天气很冷。在视界的西部边缘，平原与树林之间，一连串 T-34 坦克排成纵队隆隆驶来。我们数了数，整整有17 辆敌坦克，如果他们继续前进的话，就会遇到我们后撤中的辎重队。我们此时没有电台，只能眼睁睁地看着敌坦克不断逼近。突然，一辆敌坦克调转方向朝我们驶来，似乎想察看这里的情况。我们清楚地看见敌坦克的正面轮廓，它径直朝我们这座屋子驶来。上校先生想了想，随即下达了命令，还让我们保持冷静，他对我们说："别慌！"我们从后门离开屋子，在屋后的隐蔽处监视敌坦克的动向。这辆 T-34 越过了平原，引擎的轰鸣声越来越响。要是我们不干掉它，它就会穿过屋子，在平原上用机枪射杀我们。反坦克炮怎么还不开火？敌坦克距离房屋不到 20 米时，50 毫米反坦克炮开火了，炮弹击中敌坦克指挥塔，指挥塔顿时卡住了。37 毫米反坦克炮随即射出一发空心装药弹，被炸飞的炮塔落在坦克后面的雪地里。坦克内唯一的幸存者是一名担任报务员的准尉，他毫发无损，举手投降了。我们俘虏了他，把他带到屋内。这名军人身强体健，与我们在前两个冬季见到的俄军官兵截然不同。我们的军械员布比·米勒认为，中弹的敌坦克已起火燃烧，钻入坦克里安置炸药很不安全。于是，我们让这辆 T-34 留在原地燃烧——直到夜幕降临，它仍在闷燃。

当晚，团信号排部分人员开始"担任步兵"。二级下士德赖森率领一个七人小组，除了他之外，另外六人是沃尔夫冈、帕特·瓦赫诺夫斯基、阿诺尔德·马特霍伊斯、汉斯·克赖纳、布比·赖曼和我。我们的任务是站岗放哨（在午夜时换岗）。我们在白雪皑皑的田野里看见一只奇怪的猫，除此之外没什么可报告的情况，只有零星的步兵火力从后方朝我们这里射来。

随后，布比·赖曼去团部领取弹药，因为就我们后面可能会遇到的情况而言，目前配发的弹药太少了。团部已于夜间转移，只留下参谋军官察赫尔少尉。布比回来后，说他听见村内传来坦克的轰鸣声，还听见有人高喊："铁拳！铁拳！"他提醒哨兵多加警惕，随后穿过雪地来到察赫尔少尉的房间。另外两间屋子里挤满了熟睡的步兵，先前取得战果的两个反坦克炮组成员也在他们当中。布比汇报了自己听到的情况，察赫尔少尉觉得没什么要紧的，还说进入村内的可能是党卫队"诺德兰"师的装甲运兵车。

就在这时，突然传来剧烈的撞击声、断裂声和惨叫声，蜡烛倒下，房间里变得一片漆黑。房门卡住了，屋内满是尘土。隔壁坍塌的房间里传出喊叫声和呻吟声。信号兵布比·赖曼掏出袖珍电筒砸破窗户，带着察赫尔少尉跳了出去，刚好看见一辆驶离的 T-34。

这辆坦克我们先前曾见过，它是沿平原边缘行驶的 17 辆敌坦克中的一辆。它可能耗尽了弹药——在返回己方战线途中，车长决定撞击遇到的一切。他肯定看见了屋内的烛光，于是命令坦克直接撞击，并推倒了房屋，把屋内呼呼大睡的士兵埋在废墟下。生还者寥寥无几，其他人不是死在坦克履带下，就是被倒下的房梁砸死。几名英勇的反坦克炮手也死了，尽管他们先前曾赢得胜利，但也没能活得太久。那辆 T-34 随后穿过武装党卫队士兵占据的谷仓，倒下的房梁又砸中几个人。

布比回来后对我们说道："你们猜我刚才经历了什么？"随后，他毫不夸大地讲述了以上情况。在战争中，士兵要想活下来得靠运气，看来我又一次交了好运。要是我们当晚不作为步兵站岗放哨的话，现在很可能就会躺在倒塌房屋的废墟下，与那些支离破碎的尸体为伴了。

午夜时刻，我们这个七人班组撤离岗哨，跟随其他人朝预定方向走去。眼下的行动怎么看都不像是一场有序后撤。指挥人员犯了错，导致军官找不到部队，而部队也无人指挥。现在大家完全是各自逃生。1月份最后十天的状况惨不忍睹，我们这场后撤彻底沦为了疯狂无序的逃亡。我们首次对中央集团军群和南方集团军群当初经历的大溃退有了一些认识。我很难想象，如何才能把仓皇逃窜的乌合之众重新编为组织严密的防御部队。也许等新锐部队开抵后设立一道阻截线，会有一些效果。不过，由于没有新锐部队提供支援，第18集团军的灰飞烟灭似乎已成定局。

瓦尔特·胡巴奇在他经常被引用的《第61步兵师师史》里，描述了1944年1月最后十天的情形："第61步兵师与占有10倍兵力优势的敌军苦战。我们费了好大力气，才以幸存的官兵设立了一道临时拦截线。"隔了几行，他继续写道："夜间，俄国人炮击德军占据的村庄，火焰四起，一片惊慌；国外志愿者组成的部队脱离了指挥官的控制，无数后方地带人员和辎重队夹杂其间，载满士兵的卡车、掉队者、手里没有部队的军官都朝西面涌去，与其说是有计划的后撤，倒不如说是在混乱中逃窜。通往后方地带的各条道路都堵得水泄不通，而树林里根本没有敌人。"

这种情况促使我们七名团信号排成员相互保证"无论如何都得待在一起，直到返回团里"。对一名士兵来说，最糟糕的事莫过于脱离身边的战友，与其他素不相识的人待在一起。负伤后被遗弃的恐惧，是此类"救火队"战斗力低下的主要原因。因此，二级下士德赖森和他的六名部下一致同意生死与共，绝不抛下任何一个负伤的战友。

我们在夜间到了达沃洛索沃，当初我负伤后曾在这里治过伤。此时村内空无一人。我们好几天没分到口粮了，只好在村内寻找可以食用的东西。在某座屋子的大房间里，我们幸运地找到了一大堆鼓鼓囊囊的野战背包——这可能是休假归队者的行李。他们从德国返回前线后，刚下火车就接到命令，只有把背包放在这里，并立即投入战斗。无论他们经历了什么，大概都不会回来取背包了。我们从背包里找出我们眼下最需要的东西——食物。我弄到两大听罐头和一条面包。可惜一听罐头里装的是一整根芦笋——我当然喜欢吃芦笋，但以眼下的情况来看，这要是猪肉罐头就更好了。另一听罐头里装的是自制肝肠，我吃了好几天。

我依稀记得我们经过位于红谢洛的沙皇城堡，最终在金吉谢普与后勤辎重队会合。我们看见团长的大众桶式车停在对面，上校先生和舒马赫上尉也看见了我们。副官舒马赫问道："德赖森，你们从哪里来的？"他很惊喜，但显然得解决我们到来后会带给他的问题。德赖森上前做了汇报，过了一会，他兴高采烈地回到我们身边，挥舞着有米勒-梅拉恩上校亲笔签名并盖有官印的文件说道："成了！"文件上写着："特此命令二级下士弗里茨·德赖森立即率领六名部下前往爱沙尼亚约赫维第151掷弹兵团①归队。"感谢上帝，我们终于得到有效的命令，不再是逃兵，可以昂首挺胸地赶往纳尔瓦了。

傍晚前后，我们来到红十字会设立的站点前，停下来领了份燕麦粥——这是我们10天来首次吃到热食物。这件事我之所以记得如此清楚，是因为给我们盛粥的是一个担任护士的修女，她人到中年，体格健壮，态度强势。面对端着饭盒的士兵，她每打一勺粥都要骂上一句："您真是个没骨气的胆小鬼……您还是男人吗……吓得拉裤子里了吧……您真该感到羞耻……您真欠揍……没粥了！"无论当时的场面看上去有多么滑稽，这些骂骂咧咧的话都不无道理，从某种程度上来说，她的咒骂确实让我们羞愧难当，因为我们没能挡住敌人。我毫不怀疑她有勇气上前线战斗，根本不怕牺牲。

这场后撤的倒数第二天（好像是1月31日，也可能是2月1日），我们终于在黄昏前赶到纳尔瓦河。我们看见一间咖啡馆，想进去吃点东西暖和一下。难道这有什么问题吗？我们有书面命令。我们好多天没洗澡和刮胡子了，我们就这样带着武器走入一间很大的房间——屋内光线柔和，桌上铺着洁白的桌布，在场的军人比平民多。这些军人一个个军容整洁，军装熨得笔挺，他们显然是后方官兵。咖啡馆的高雅氛围令我们自惭形秽，我们看看四周，想找张不引人注目的桌子。就在这时，几名宪兵看见了我们，便上来让我们出示证件。二级下士德赖森自信地掏出书面命令。宪兵扫了一眼，随后把它塞入自己的衣兜："调动令无效，它早就被撤销了，跟我走！"德赖森当然不接受这种说法，他答道："很抱歉，军长冯·布拉塞将军下达的命令高于其他指令。"可几名宪兵理都不理他。我们像是被判刑的罪犯，在宪兵的押送下来到某个收容中心。这里有栋很大的楼房，房间的地上铺着瓷砖，每扇窗

---

①译者注：自1942年10月起，第151和第162步兵团改称掷弹兵团。

户都有铁栏杆，就连厕所也不例外，所以根本别想逃脱。另一些步兵告诉我们，被抓到这里来的士兵，很快会沿最短的路线送回金吉谢普前线。也就是说，我们马上要被编入一支陌生的"救火队"，这恰恰是我们七个人发誓再也不干的事情。

19点左右，有人领我们出门登车。楼房门口灯光微弱，挂着防水帆布的卡车停在一旁。车附近站着两个宪兵，后面还有个将军。突然，我们听这名将军喊道："待在这里，停下！待在这里！"他随后拔出手枪，追上几名朝黑暗中跑去的士兵。两个宪兵想到自己的职责，也跟了上去。此时我们七个排成单路纵队站在门口，面对卡车，德赖森在最前面。犹豫了几秒钟后，德赖森朝暗处跑去，我们跟着他冲入后巷，随后来到镇内实施灯火管制的街道上。我们听见沉重的军靴声逐渐逼近，便赶紧躲入一座房屋的门廊后面，尽量不暴露身体，紧张地聆听着动静。德赖森低声说道："你们都知道这意味着什么，对吧？这是开小差，被他们逮住的话，我们会被绞死的！"我们没想过会遇到这种情况。军靴声逐渐远去，我们开始商讨眼下的处境。宪兵封锁了进出纳尔瓦的各条街道，我们根本出不去。还有个办法是逃到郊区，然后穿过田野，赶到沿河岸延伸的道路处，再从那里前往约赫维。我们开小差的目的不是当逃兵，而是按照命令去约赫维归队。我们到达郊区，经过镇垃圾场，覆盖着积雪的开阔平原就在前方，铁丝网围栏环绕着那里的几座牧场。远处的地平线上灯火通明。我们通过北极星找到了通往西面的道路，公路上的车灯很亮，我们在很远处也能确定自己的方位。

此时只有轻度霜冻，齐膝深的积雪没能阻碍我们的步伐，我们疲惫地跋涉，穿过铁丝网围栏，涉过几条小溪，最后在公路上遇到一支卡车队。待我们凑上前去，一名司机同意我们搭车，他把我们藏在挂着防水帆布的卡车后厢里。卡车缓缓驶向约赫维，这段路程要行驶一两个钟头。

突然，我们听见宪兵喊道："停车！您是哪个部队的？车上有逃兵吗？"我的心脏剧烈跳动，就像当初遭到T-34攻击那样。司机毫不含糊地答道："没有！"袖珍电筒的光束扫过卡车后车厢，在我藏身的地方停留了片刻。随后，宪兵关闭了袖珍电筒，说道："走吧！"我们简直是死里逃生。后来，我们找到了我们团和信号排，不仅获准在爱沙尼亚的宿营地休整两三天，还获得了新装备。随后，我们开始赶往新防线——这次是位于纳尔瓦与佩普西湖之间的豹防线。

1941 年 8 月底，德国步兵到达雷瓦尔。

195

德军用宣传车向爱沙尼亚民众通报雷瓦尔的状况。

爱沙尼亚民众在路边交谈。

第 151 步兵团的几位营长正在进行商讨。左起：罗赫上尉、维尔纳·潘科夫上尉、胡巴奇博士少尉。

纳尔瓦防线

撤离列宁格勒的行动结束后，我们师残部解体的迹象非常明显。现在，我们师必须重新集中、重新组织、重新武装，还得把全体官兵的战斗意志恢复到这样的程度：面对不断挺进的俄军，我们完全能展开卓有成效的作战行动。从德国调来的一个步兵团和第9空军野战师残部，部分补充了我们师损失的人员，但我们依然缺乏久经考验的老兵。尽管如此，我们最终还是击退了俄国人。依我看，之所以能实现这一点，完全是兵团领率机构和运行良好的补给单位取得的成就——特别是团级军官的镇定和远见。当然，连级和排级军官的沉着冷静也同样功不可没。最重要的是，在经历了数周混乱无序的后撤之后，各部队重整旗鼓，为我们随后赢得防御作战的胜利起到了决定性作用。

没等第61步兵师恢复战斗力，俄国人就顺利跨过冰冻的纳尔瓦河，在克里瓦索地域设立了一座不容忽视的登陆场。我们眼下最重要的任务是消灭这座登陆场。激烈的战斗爆发开来，第162掷弹兵团首当其冲。就算我妙笔生花，也无法准确再现参战官兵的自我牺牲精神，另外，我对这场交战的详情也知之甚少。

与先前在拉多加湖和沃尔霍夫河畔的情况如出一辙，我们再次置身沼泽地带。虽然米勒-梅拉恩上校率领重建的团英勇防御，但还是没能阻止敌军大举突破。不过他率领部下顽强奋战，最终击退了俄国人，并因此获得骑士铁十字勋章。纳尔瓦—雷瓦尔铁路线上的瓦尔瓦拉车站成为交战双方争夺的重点，那里的战斗导致敌军元气大伤。我们的一个个MG-42机枪阵地给敌人造成了极大阻碍。东普鲁士士兵被部署在战线最前沿，他们素以坚定不移的意志而著称。此外，他们还获得了大批莱茵兰人、威斯特伐利亚人，以及少量萨克森人、奥地利人和苏台德德国人支援。东普鲁士似乎已耗尽实力，再也无法从当地征召新兵来补充他们的各个团，每个连队的东普鲁士士兵充其量只剩三分之一。

战线稳定了下来，我们觉得现在可以彻底消灭俄国人占据的登陆场了——这座登陆场已分为东西两部分。我们团担任主力，因为我们有在这种地形下作战的经验。1944年4月19日和20日，我参加了此次战役头两日的作战行动。

"我为大德意志捐躯"

我之所以用一名生命垂危的士兵喊出的这句话作为本章副标题，是因为身负重伤者在痛苦挣扎的最后时刻，很少主动承认愿意为大德意志国献出生命。我们即将发动的进攻，目的是消灭俄国人占据的登陆场——这样就能拉直我们沿纳尔瓦河岸构筑的防线。沼泽深不见底，给我们的行动带来巨大的困难。1943 年的冬季相对温暖，到 4 月中旬，沼泽地已彻底解冻。

1944 年 4 月 19 日 4 点 35 分，奥韦雷南面的沼泽地边缘，我扛着电台跟在第 151 掷弹兵团第 2 营身后。我只知道有一股装甲力量奉命从西面赶来，届时我们与他们会在某条道路上会合，胜利完成此次行动。待我们到达出发阵地，天色已渐亮，我们排成单路纵队，沿泥泞的小径艰难跋涉。小径左右两侧是柳树、赤杨、残缺的松树、茂密的山毛榉、干枯的草丛，以及芦苇、沼泽地灯芯草、睡莲。它们只是沼泽地植物群的一部分，到 5 月份它们就会焕发生机。

我们的炮火准备逐渐平息。虽然炮火准备可能达到了预期效果，但也告诉俄国人我们即将发动进攻。率领我们营的克里格上尉身先士卒冲在前面，他右手拎着一把能速射的新式突击步枪（这款武器偶尔能在连长手里见到）。俄国人先以步枪火力还击，随后又使用了迫击炮，并最终投入了火炮。这里几乎找不到可以趴下的干地面，到处都是沼泽和泥浆。我们的任务是向前推进，对付隐蔽的敌人。突然，我陷入齐腰深的泥潭，掉进满是泥浆的弹坑中。这片地带的弹坑很多。我费力地爬出弹坑，踏着深及膝盖的泥浆向前跋涉。一发发炮弹落在周围，激起的泥浆宛如喷泉。沼泽地有一个好处：炮弹的碎片效应较小。有伤员在呼叫卫生员——无法继续前进的人会沉入泥沼……

我们终于到达敌人弃守的阵地。这道阵地以几座野战掩体构成，从前方很难发现它。德国人在建造掩体时，最看重进出方便，以及掩体内部有足够的站立空间。而俄国人构筑掩体的目的是最大限度地确保安全。这些掩体高约 2 米，从外面只能看见窄窄的射孔和观察孔。掩体入口的高度不超过 70 厘米，出入都得爬行。掩体顶部铺设了五层甚至五层以上的树干，每层树干之间还填了泥土层，而我们的掩体只会铺设两层树干。因为顶部太厚，所以掩体内的空间很矮，人只能坐在里边。依我看，俄国人构筑的这种掩体，就算被 105 毫米炮弹直接命中也没事。此外，俄国人还在掩体群周围用圆木铺设了 60—70 厘米宽的交通壕。不过，我们见到的几条交通壕都已被炮火严重损毁，布满了厚厚的泥浆。

敌人加强了防御火力，我们的进攻陷入停顿。起初，我们隐蔽在一堆堆空弹药箱后面——这其实没什么用处，空弹药箱就连步枪子弹也挡不住。南面的敌人位于河谷另一侧，那里可能有一条小溪或小河流过。出于好奇，我瞅准机会抬头朝河谷另一侧瞟了一眼。俄国人所处的高度和我们差不多，我们看见敌军援兵穿过灌木丛爬了上来。克里格上尉站起身子，端起新式突击步枪朝匍匐前行的俄国人射出一个个长连发。这款轻便的武器很实用，与之相比，老式的 K98 卡宾枪显然过时了。作为无线电小组负责人，我不再携带 K98 卡宾枪，只携带了 P38 手枪。

克里格是一个经验丰富的连长，他应该知道，"大无畏的站姿射击"肯定持续不了多久。果然，没一会儿我就看见他胳膊上扎着绷带朝后方走去。这是英勇的步兵军官克里格在这场战争中最后一次参加战斗。他当初曾在拉多加湖获得过银质战伤勋章，估计他会"以一枚金质战伤勋章来结束自己的军旅生涯"。可惜，我们少了一个领导我们的老兵——很有幽默感的克里格，深得连队官兵敬重。就这样，克里格上尉负伤离开后，我们不仅要面对数量越来越多的敌人，还要频频应付齐腰深的泥沼。

我们的处境越来越艰难。就在这时，空中突然传来战机的轰鸣声，27 架斯图卡俯冲轰炸机排开队列，准备发起攻击。伴随着汽笛的尖啸声，斯图卡犹如硕大的黄蜂，朝我们对面的敌军预设阵地俯冲而下。一架架战机扑向目标，在距离地面很近的地方投下炸弹，随即拉起，伴随引擎的轰鸣声重新恢复飞行高度。炸弹在这片沼泽地上炸出一个个弹坑。这群斯图卡兜了一个大圈，随后再次逼近，在正确的高度重复了先前的动作。很快，这些突然出现在我们上空的战机，又消失在空中。

我们继续战斗——不仅要对付俄国人，还得应对沼泽地带来的威胁。尽管斯图卡战机提供了支援，可我们还是停滞不前——地面状况限制了我们的一切努力。出于同样的原因，计划中预定的坦克突击也没能实现。第 2 营信号分队的二级下士克里梅里乌斯拎着电台从我身旁走过，精疲力竭地倒在一个大箱子上。他歪戴着钢盔，看上去像一个喝醉的乌兰枪骑兵。这是我最后一次见到克里梅里乌斯——他后来阵亡了。

随着夜幕降临，二级下士冯·乌拉尔特带着几名电话兵赶来布设电话线。没人接替的步兵连官兵，只好在野外过夜。此时的天气湿冷，他们穿着湿透的污秽军装，一个个都冻得瑟瑟发抖。他们不得不勉力承受并设法克服眼前的困境。与他们相比，此时已返回团部的我，真的很走运。因为住在爱沙尼亚农舍里，所以我们（莫尔斯电码两人小组）可以在炉子前取暖，顺便烘干衣物。

乌拉尔特的电话班在遭到迫击炮火打击后，隐蔽在空弹药箱后面。一发迫击炮弹落下，把空弹药箱炸得粉碎。电话班的格奥尔格·莱尔喊道："我负伤了，我快要死了，我为大德意志捐躯，我为大德意志捐躯……"说出这些最终遗言后，他的声音变得越来越小。沃尔夫冈跪在他身边，想替他包扎伤口，但马上就看出他没救了。莱尔奄奄一息，沃尔夫冈扶起他的头，把装满咖啡的军用水壶凑到他唇边，告诉他不要放弃。但莱尔已陷入昏迷，再也无力振作精神，并很快就永远地闭上了双眼。他最后的念头是为德国捐躯，而且他也的确为德国献出了生命。莱尔的脖子上扎着一条黄丝巾，他是一个性格开朗的人，也是我认识的士兵里，唯一一个在阵亡前说出"为大德意志捐躯"这句话的人。他是来自波兰的德裔。

两三天后，上级把我们遭受重创的几个步兵连撤出前线。进攻失败了。直到天气转暖后，德军才重新控制整个纳尔瓦河西岸。大批官兵下葬后，我们设在托伊拉的军事墓地也扩大了许多。1944年5月底，我们团转移到一处平静的阵地（就在"儿童之家"附近）。"儿童之家"的房子仍伫立在原处，但现在已成为我们休整恢复的场所。此时的托伊拉甚至还有一个六人剧团在表演节目，剧团的四个姑娘白天经常坐在团部安静的角落里晒太阳。

接下来几周没什么可说的东西。我担任教官，负责训练步兵连新兵如何使用新型军用电话。这款装备能让各个排与连部建立更好的通信联络。我在波罗的海沿岸找了个安静的地方从事训练工作。我们在陡峭的岸堤后面享受温暖的阳光、泥土和海岸青草的气味，以及和煦的微风。下方的沙地上，伫立着一座废弃厂房（纤维素厂）和高大的烟囱。波罗的海空空荡荡，没有船舶，没有渔船，什么都没有。除了轻微起伏的海浪，整个海面基本上可以说是风恬浪静。

两艘突击舟在波浪起伏的海上驶向波罗的海的蒙岛。

1941 年 9 月，蒙岛上美丽的圣凯瑟琳教堂。

第151步兵团的官兵利用栈桥登上突击
舟，赶去征服蒙岛。

返回拉脱维亚

1944 年 6 月下半月，俄军对中央集团军群发动新攻势，并在明斯克地域取得重大突破。第 16 集团军辖内遭受重创的各个师，企图沿迪纳河构筑新防线。尽管我们师隶属第 18 集团军，而且实力严重受损，但还是不得不再次担任"救火队"。我们从约赫维乘火车赶往位于拉脱维亚东南部的迪纳堡。下火车时，俄国人的战机在上空盘旋，但我们没遭受任何损失。我们随后发现这里的局面"活跃而又混乱"，因为在大多数情况下，我们都不知道前线在哪里，后方又在何处。因此，如果出现"几名俄军军官开着一辆美式吉普，沿比尔森公路毫无戒备地朝我们驶来"这类情况，真的不足为奇。而我们团的副官（我记得是科朔雷克中尉），也曾驾驶摩托车遭遇类似的厄运。至于我们这些报务员，鉴于眼下敌我混杂的情况，必须习惯只戴一只耳机记录莫尔斯电码——我们要随时保持警惕，用另一只耳朵时刻聆听附近的声音，否则很容易被敌人俘虏。以前我们对我方步兵连充满信心，坚信俄国人不可能穿过他们的阵地，可那段时期已一去不复返。现在各部队的防御地段太长，步兵连根本无法构筑绵亘的防线，只能设立几个支撑点加以监视。

1944 年夏季，难民潮也出现了，越靠近边境人数越多。最后，难民潮像洪水那样蔓延到奥得河和奈塞河东面的整片地区。波兰各地的德裔和波罗的海民众纷纷逃亡。

就我而言，首次经历库尔兰地区的战事是在比尔森。我们在此处受到斯大林管风琴"迎接"，冰雹般的火箭弹落在镇郊我方预设阵地中央。我和霍费尔上士从堑壕里出来后，才发现火箭弹的冲击波把我们在堑壕上方铺盖的树叶席卷一空，只剩弹痕累累、光秃秃的树枝。有一块弹片击中炖锅锅盖，所幸没人负伤。我们随即获得越来越多的重型武器装备（没人知道它们是从哪里调来的）——除了虎式和黑豹通用坦克外，还有突击炮和榴弹炮，以及用于地面战斗的 20 毫米高射炮。当然，和这些重型武器装备一起到来的还有炮兵和火箭炮旅。空军上校鲁德尔率领他的斯图卡反坦克中队也出现在阵地上空，他们从空中打击敌坦克——这些交战就发生在敌我双方的眼皮下。要知道俄国人的斯大林式坦克配有 122 毫米火炮，只有明白这种火炮的威力，才能理解鲁德尔上校和他的飞行员击毁那么多敌坦克，对我们究竟意味着什么。战壕里的普通士兵对鲁德尔尊敬有加，但今天却没有哪个德国人还有这种想法。

这些重武器加强了我方士兵的战斗意志。为举例说明，我想谈谈以下经历：

在我们团面临极度危急的局面时，有70来人的工兵排往往是最后的预备队。我在比尔森参加了封闭一段防线的行动。工兵排当时在田地边缘的一道山坡处掘壕据守。山坡上满是灌木，射界很好。我们的电台设在重机枪阵地旁，三名年轻的东普鲁士士兵负责操纵机枪，他们入伍前都是农场的工人。在等待战斗打响期间，一号射手镇定自若地吃着猪油三明治。俄国步兵排成好几行发起正面进攻，跨过开阔地带朝我们冲来。我问他："你打算什么时候开火？"

"再等等，让他们来吧！"他带着自信的笑容说道，但双眼始终紧盯着敌人。吃完最后一口三明治后，他才说道："够近了。"说罢他就扣下扳机，转动机枪扫射敌人，副射手趴在旁边，为机枪供弹。他不停地以短连发打击俄国人，没有一个敌人能进入我方阵地30米内，他们刚刚逼近就遭遇致命的火力。我们就这样击退了敌人的冲击。

德国面临的整体局势令我深感不安。一是因为盟军自6月6日在诺曼底登陆后势如破竹地赢得胜利，二是因为除了无条件投降，德国显然别无出路。无论政治立场如何，相信没有哪个德国人会接受无条件投降。随后，又发生了刺杀希特勒的"7·20事件"。大多数国防军官兵对此怎么看？现在回想起来，我们那时候似乎抱有既期盼又反感的复杂心情。期盼是因为德国军官团里显然有人打算从这场注定要输掉的战争中挽救一些东西——要实现这一点必须除掉希特勒，因此他们实施了暗杀。而反感则是因为此类行径不啻为叛国，违背了我们当初的个人效忠誓言。忠诚和可靠（特别是在危难关头），一直是普鲁士军官的特点。

1944年8月9日，也就是我上文所述，俄军步兵朝我方机枪阵地发起正面冲击那天，我在一封军邮里袒露了心声："我觉得眼下的情况有所好转。我们位于比尔森附近的拉脱维亚—立陶宛边界，终于占据了按照我们的想法构筑的防御阵地。我的军毯仍留在辎重队，所以我只好躺在散兵坑里，在身上盖点稻草。已经有好几天没听到国防军公报了。有传言说蒂尔西特很快要疏散。不可能！要是我们再也没有力量击退敌人，那么我们现在付出的种种牺牲都是徒劳。高层肯定知道这一点，所以我绝不相信。"

我们再次奉命为友军提供支援。德军战线此时已被迫撤离爱沙尼亚。为保卫祖国而组建的拉脱维亚和爱沙尼亚部队很不可靠，这些士兵为守卫他们的农场和城镇，宁可放弃防线。可谁又能责怪他们呢？他们只是想在眼前的情况下，尽可能保住自己的性命。因此，我们必须在拉脱维亚—爱沙尼亚边界挡住不断前进的俄国人。

为获得更好的机动性，团信号排已实现摩托化。我们得到一辆厢式货车，还有一名技术很一般的司机。某个夜间，我们变更阵地，我们两人坐在通信设备间，在货车后厢里晃得前仰后合，跟随车队开赴位于塞格沃尔德的新防线。我们的司机只要紧跟着前面的车辆就行，车灯虽说已遮上，但留下的窄缝完全能看见前面的车辆，可我们的厢式货车却滑下4米高的山坡，并翻了车。我们根本来不及反应，车厢里的人和装备撞在一起，44磅（约合19.96千克）电台箱的钢制外壳边缘撞上了我的鼻子。我头晕目眩，鲜血直流，战友替我做了紧急包扎，并于次日把我送到野战医院。医生进行诊断后，说我鼻梁骨折、眼窝出血。我的脸看上去活像一只猫头鹰。不过，这是受伤而不是负伤，所以无法列入银质战伤勋章的负伤计次。

我暂时无法执行前线勤务，因而被派到辎重队，没有经历茂密林地内的激烈近战，以及同时发生的坦克战。维尔纳·哈芬比尔失去了他的二号报务员库尔特·菲德勒——来自德累斯顿的库尔特，头部中弹身亡。哈芬比尔对这场交战的描述让我庆幸不已，幸亏我没有参与其中。

舍尔纳将军的名字，与我在库尔兰的这些记忆密不可分。为获得坚守防线的兵力，他采取了极端手段，很快就让辎重队闻之色变。他经常不打招呼就来到后勤单位，以他个人的衡量标准和判断依据来梳理后勤人员，抽调人员加强各步兵连的堑壕兵力。德军眼下的当务之急是派士兵投入近战，以"铁拳"或吸附雷干掉敌坦克，至于辎重队人员普遍年龄较大，是否适合执行这种任务则是另一个问题。舍尔纳最疯狂的故事很快就传播开来。他经常命令司机在路上停车，然后根据自己的心情立即降级或擢升某人。舍尔纳脾气暴躁，经常在视察部队期间大发雷霆，但他是一个优秀的指挥官——库尔兰战线得以保持稳定，从许多方面来看都要归功于他。

在此期间，俄国人的坦克从图克库姆到达波罗的海。德军发起"实力虚弱的反突击"，并为此遭受了惨重的损失。俄国人在绍伦沿宽大的战线达成突破，于1944年11月9日到达蒂尔西特和梅梅尔，切断了北方集团军群与东普鲁士的联系。11月11日，德军弃守里加，第16和第18集团军（我们团大多数时候都隶属该集团军）遵照希特勒的命令撤入库尔兰半岛。德军顽强据守"这座堡垒"，并没有特殊目的，仅仅是浴血奋战到最终投降为止。

韦诺登

我们这个分遣团于 10 月 8 日停在韦诺登，随后按照作战命令开赴南面。

一辆卡车沿着小路朝我们驶来，车上载满了德国空军派来担任辅助通信人员的姑娘，有些姑娘的头发随风飞舞，一脸惊恐不安。她们从韦诺登机场撤退。俄国人的先遣突击力量即将到达那里，所以我方战斗机中队放弃了该机场。我们知道很快就会与敌人发生接触，对方正在试探，正在渗透，正在寻找这片茂密林地里随处可见的防御缺口。

我们的团部先是设在某座疗养院里，那里依然平静如昔。我们应邀来到疗养院的音乐室，由几名病人组成的四重奏乐队为我们演奏了巴洛克音乐。两个年轻姑娘和两个年轻小伙演奏得很投入，我们也报以热烈的掌声。临近傍晚时，我们悄然离开疗养院，占据了更合适的防线。22 点，我们刚刚挖好阵地，就看见四个年轻的拉脱维亚姑娘跑了过来。她们没有穿鞋，只穿着袜子，一个个痛苦万分、精疲力竭。她们随即被送到了后勤单位。我们随后得知，在我们撤离疗养院后，俄国人占领了那里，非礼了那里的女护士、女病人、厨房女工。现场恐怖而又混乱，四个拉脱维亚姑娘趁机逃了出来，并穿过沼泽林地到达德军防线。

从这一刻起，我们见到了越来越多的爱沙尼亚和拉脱维亚难民，身上的包裹是他们仅剩的财物。他们逃往库尔兰半岛的利巴瓦——那是唯一一个仍控制在德军手里的海港。沃尔夫冈说道："想想看，我们的家人也得像这样逃难。"我们暗自思忖，一个个沉默不语。现在根本没时间悲天悯人。从第二天起，我们不得不在没有重武器的情况下竭力阻挡俄国人——我方炮兵仍在行军途中。我们尽量避免近战，因为敌我双方兵力悬殊太大，我们很容易被敌人打垮——在这种情况下更适合实施弹性防御。我们的火箭炮组帮了大忙。

在韦诺登发生的激烈战斗持续了一周时间。1944 年 10 月 15 日，我在寄给未婚妻的信里写道：

今天是周日，我获准休息一两天，终于可以洗去身上整整一周的污垢了。我觉得自己宛如新生。我们经历的那些日子很难捱。两天前，伊万差点没逮住我。

俄国人再次达成突破，我们的营部就在主防线后方300—500米处，敌人近在咫尺。营长喊道："报务员，赶紧进树林！"没等他再次催促，我们就背着沉重的设备冲过开阔地。我们没被猛烈的炮火击中简直就是奇迹。所以你看，我还是有好运加持的……但电话线务员弗里茨·克雷布斯头部中弹倒在地上。

我今天多少了解到了一些总体局势。敌人已到达蒂尔西特北面和梅梅尔，很可悲，但这却是事实。也就是说我们已陷入包围，我不知道这封信能不能寄到你手上。你现在可能要面对最艰难的时刻，你和你父母必须离开你们珍视的家园。形势实在是让人绝望！我已经有三个星期没收到家里的消息了。自罗马尼亚的事件发生后，我就不知道我三哥弗朗茨的情况，我想他大概已被列入失踪人员名单了。对我来说都一样。我只想求你赶紧逃离，免得落入俄国人手里。我不想多说什么，只是告诉你，他们对妇女和姑娘为所欲为。要是命运让我们重逢，我会告诉你我知道的一切，你肯定也有很多可怕的事情要对我说。这一切太可悲了。我们只能说："可怜的德国！你们像雄狮那样奋战，却注定会流血而死，因为你们与整个世界为敌。"

写完这封信，我没再参与在库尔兰发生的后续战斗。我们的几个连队在那里几乎拼光了，团里残余的人员在撤出战斗后解散，随后又被重新编为第162掷弹兵团第2营。过了几天平静的日子后，我们赶到了利巴瓦，两艘6000吨级的货轮正停在港内等待我们。没等我们登船，俄国人就对货轮发起空袭，并炸塌了附近一座房屋。我满身尘埃地跑了出来，身上还有几块玻璃碎片。我在11月9日的信里写道："我简单说说自己的经历。我们在利巴瓦东南面的激战中被敌人击败后，休整了几天，随后又赶往港口登船。这场行动悄然进行，一切都很顺利，只是遭遇了两次空袭。我挺幸运，炸弹第一次落在附近一座房屋上，第二次落在货轮旁边的海里。我们乘坐6000吨级的轮船顺利完成此次航程，我甚至没晕船。我们随后从戈滕哈芬乘火车赶往柯尼斯堡。火车在埃尔宾短暂停车，另一节站台上停着疏散蒂尔西特居民的客运列车。我们排长大声叫喊你的名字，我想找到你，可惜纯属徒劳。那天是10月30日，你已经到达布劳恩斯贝格了。我们在因斯特堡卸载，步行赶往贡宾嫩东南面，并在那里带着电台进入前线狭窄的掩壕。刚刚过去的两晚，我们两个报务员扩大了掩壕，这样好歹能转个身。我们还在上方铺了层横梁。我们俩都患了重感冒。今天是我们在掩壕里度过的第六天，根本没办法暖和一下。"

隔了几行，我在这封长达四页的信里继续写道："我刚才不得不停笔，因为我得帮着把两名伤员抬走，其中一个人是我们的连长。很不幸，我们没能帮上忙，他俩都死在担架上。其中一个人头部中弹，另一个人被爆裂弹击中大腿，血流不止而死。这件事再次说明了苏联最高统帅部的政策，我们已接受这种现实。"

这是我最后一次经历前线的战斗。1944 年 11 月 11 日部队改编，恢复了原先的战地邮编，我们再次成为团信号排；克吕格尔少校出任第 151 掷弹兵团团长，第 151 团第 2 营原先的信号分队负责人罗伊特少尉任团副官。

在继续讲述我的经历前，我想谈谈我对德军防御态势的看法。在东普鲁士地区发生的两件事引起了我的关注：

（1）我们的阵地位于前沿防线后方，构设得非常好，甚至配有掩盖交通壕，这是我们在整个战争期间从未见过的。

（2）前沿防线有不少巨大的缺口。毫不夸张地说，贡宾嫩东南面那些平坦、宽阔的牧场上只有我们几名报务员——这种感觉很怪异。我们看见左右两侧 200 米开外各有一名哨兵，除此之外就没有其他人了。预备队的任务是协助我们团的残余力量击退俄军，但预备队人员大多是年迈的士兵，许多人来自奥地利和巴伐利亚山区，他们平生首次离开山地农场和高山牧场，一个个都听天由命。俄国人的侦察队逼近时，这些年迈的士兵蜷缩在散兵坑里祈祷，而不是开枪或投掷手榴弹。这些"最后的预备队"简直就是待宰的羔羊，在我看来，把他们送上前线的唯一目的，就是让东普鲁士居民获得逃生的时间。凭借东普鲁士师来顽强保卫家园是不可能的，因为这些师实际上已不复存在。在元首大本营的地图桌上来回移动的师级兵团，仅仅是支离破碎的残兵败将，根本谈不上是"师"。我们已穷途末路。

我们的团部设在贡宾嫩附近的阿尔特克鲁格，我担任信号排文书，任务是拟制新代码表和加密文件。由于没有其他事情可做，我还负责操作小型电话交换机。我无意间听到的情况令我惊恐不安。几乎每天都有侦察报告称俄国人的卡车车队来了，有时候是 120 辆卡车，有时候是 80 辆卡车，有时候是 160 辆卡车，这些车队总是驶向西面。卡车上载满弹药……他们的炮兵能把我们彻底埋葬。我们只能眼睁睁地看着他们整日忙碌，夜里他们借助灯光继续作业。要想对敌人施以扰乱炮火，我方炮兵必须先获得军部批准，然后才能发射 5—7 发炮弹——这么点炮弹只够测定目标距离。我们很幸运，因为俄国人没有立即发动大规模进攻，这将是我们的最后一战。

我在军队里过的最后一个圣诞节到了。我、霍费尔上士、沃尔夫冈和另一个人住在一座小屋里。这里要好好打扫一番。我们掸掉画像和家具上的灰尘，还擦洗了椅子和地板。圣诞庆祝活动于当晚 8 点左右开始，先是朗诵诗歌和讲述圣诞故事，然后我们聆听戈培尔博士的演讲，最后大家一同庆祝了一番。在我们畅饮利口酒时，未婚妻给我打来电话。节礼日 ① 那天，我们在因斯特堡聚了 6 个钟头，团副官罗伊特少尉当时派我去那里领取信号设备。此次会面对我俩而言都是一个特别的记忆，既是幸福的团聚，又是离别多年的开始。

1945 年 1 月 11 日，霍费尔上士的话令我吃了一惊："赶紧把加密文件弄好，明天你就去辎重队，从 13 号开始休假。"真是一个用不着他多说的好消息。我立即去辎重队报到，并于 12 日夜里拿到休假通行证。第二天上午我前往因斯特堡，打算次日一早就回家休假。1 月 13 日早上 7 点，我们遭到了"斯大林管风琴"持续不断的火力打击，这是敌人大举进攻的前奏，他们沿整条战线部署了数百部火箭发射器。远处传来的隆隆炮声片刻不停，窗户被震得咯咯作响。尽管早就料到敌人会发动进攻，可我们还是震惊不已。没过一个钟头，就有报告称俄国人的坦克从埃本罗德朝我们扑来。辎重队匆匆装车，我愁眉苦脸地看着眼前的混乱状况，我的休假大概泡汤了，因为休假通行证还得军医签名才能生效，他必须证明我没有得传染病，身上也没有害虫，可眼下所有军医都赶往救护站了。

连部的兽医克雷默认真聆听了我遇到的麻烦，随即说道："什么，这就是您面临的难题吗？好吧，我们不能让您就这样休不成假。您能发誓没有染上传染病，身上也没有虱子吗？"我发了誓，他伸手对我说道："把通行证给我，我也是医生！"他签了字，又对我说道："去吧，别在路上惹麻烦，平安回家。"我从他的话里听出一丝伤感。我赶往因斯特堡，再从那里踏上回乡之旅。时至今日，我仍对这位兽医心存感激，他的签字为我日后的生存确定了方向。接下来的一切都很顺利，

---

① 译者注：圣诞节后的第一个工作日。

但在科尔申，检查人员反复核实了我的通行证之后才放我通行。我一直担心的休假禁令于1月15日生效，但此时我已回到家里。我到家时，适逢空袭警报响起。布吕克斯有一个用褐煤提炼粗汽油的合成油厂，经常成为空袭目标，我的家乡距离那里只有20千米。

苏台德地区的民众士气低落，可还是有不少人仍对元首抱有近乎神奇的信心。"听说了吗，V型武器升级到V-10了，他手里肯定有某种武器能帮他打赢战争。"可大多数人只想问一个问题："如果输掉了战争，我们会怎样？"大家对狂热的捷克人的恐惧感在不断增加，一如当年苏台德危机期间。苏台德地区长定期探访本地区的捷克农民，并与雅罗斯拉夫·绍切克达成协议。后来，其他纳粹官员大多被杀，而他却捡了条命。

1945年2月4日，我的假期结束，该归队了。我从后院离开父母的住处，穿过谷仓后面的大花园，跨过覆盖着薄雪的田野赶往火车站。父母眼中噙满泪水，但我知道他们在尽量不让道别的时刻变得过于悲伤。我让他们待在屋内，别看着我离去。我没有回头。我们都知道，这可能就是永别。

我平静下来后，不禁停下脚步看了看我出生、成长的村庄，知道这片德国人的家园很快会沦为战场。我看了眼2000多名居民居住的这片社区的屋顶，教堂红色的洋葱圆顶和金色的十字架映入眼帘，我知道这也许是我的最后一瞥了。

我所属的部队已不复存在。我与东普鲁士第61步兵师第151掷弹兵团信号排的关系，于1945年1月13日结束。东普鲁士战役于当日打响，在接下来几周的战斗中，第61步兵师灰飞烟灭。该师与德国国防军部署在东普鲁士、精疲力竭的其他部队并肩奋战，背靠波罗的海实施了顽强抵抗，直到兵力彻底耗尽。1945年4月10日，师里的残部最后一次在柯尼斯堡剧院门前接受检阅，随后列队走入俄国人的战俘营。在历时六年的战争期间，第61步兵师的损失如下：共有28500名官兵伤亡和失踪，其中4500人阵亡、3000人失踪、21000人负伤。我们要"哀悼"的不仅仅是牺牲的战友，还有难以想象的身心紧张、匮乏和各种自我牺牲，我们不得不忍受这一切，并勉力求生。我在第151掷弹兵团信号排待了差不多四年半，但没有和其他战友一同经历最后的痛苦时刻。我不知道他们有谁在最后几周的战斗中牺牲了，但无论是逝者还是生者，我都会经常想起他们。

瓦尔特·胡巴奇在他撰写的《第61步兵师师史》里提了一个问题——这种牺

性的意义何在？这一问题至今没得到令人满意的回答。他写道："我们作为亲身经历者可能无法回答这个问题。这种牺牲的历史影响也许要到多年后才能显现出来，但不可能永远默默无闻。"

德累斯顿主火车站始终是我休假结束的标志。敌人切断了铁路线，我现在没法赶往东普鲁士了。我们这些休假归队人员在德累斯顿的兴登堡兵营集合。优雅、美丽的德累斯顿是座花园城市，文化氛围浓郁。但在那些日子里，整个城市显得单调乏味，成千上万可怜兮兮的难民涌入城内。一座座巴洛克风格的建筑、雄伟的外墙与大批外来者形成鲜明的对比。

我们奉命待在兵营里。2月7日或8日，城内响起空袭警报。英国侦察机在市区上空盘旋，且没受到任何干扰。他们想干什么？德累斯顿确实有卷烟工业，但根本不值得盟军轰炸机下手——反正我们是这么认为的。当天，兵营里开始组建行进营。待在兵营里的大多是信号兵和辎重人员，步兵很少。虽然没有通信设备可用，但大家还是组建了一个信号队，我也加入其中。我注意到中尉在挑选信号队人员时，只要步兵部队的信号兵。佩戴信号兵黄色袖标的人都被编入了反坦克小组。

我们乘坐的火车于1945年2月9日驶离德累斯顿。四天后，英美空军对这座城市实施了大规模轰炸。

我们在西里西亚斯特里高卸载。这里的兵营已疏散一空，我们显然是唯一可用来阻滞敌军的力量。我们首先得武装自己。众人在空荡荡的营房里寻找武器弹药。我们找到两具"铁拳"，但没有找到火炮。行进营被部署在镇内和周边的合适地点。城防司令要求信号队派一名军士和三名士兵接管斯特里高电话交换站。我主动报名——顺便说一句，这是我在军队里首次自告奋勇。接管电话交换站期间，我们专心研究商用电话技术，没理会身边的一切喧嚣。我们此前从未接触过这些设备，对线路和数千根线缆到底有何用处一头雾水。我们折腾了好久，最后终于接通了城防司令的电话。这一点绝对至关重要！

我很快就发现，我们的军士眼下只想在战争中活下来。他说道："我们务必要谨慎，不能忽视与后方的联系。要是俄国人来了，我们就逃往巨人山，找个干草棚等待战争结束。"这番话成为我们的指路明灯，众人欣然接受。我也想保命，不仅是为了看看"和平"究竟是什么样子，也是为了能继续活下去。2月11日，电话交换站总经理带着两瓶红葡萄酒与我们道别。从这一刻起，我们开始监听城防司令的往来通信。有报告说 60 辆敌坦克正驶向斯特里高，随后又有消息称敌步兵正步行逼近。我们就连一门反坦克炮都没有，只有两具"铁拳"，根本对付不了敌人的坦克。

2 月 12 日早上 8 点，我想起当初在沃尔霍夫河战线度过的那段最平静的日子，就在这时，我听见稀疏的步枪射击声，以及偶尔响起的坦克炮声。我从二楼朝街上望去，惊恐地看见不到 100 米外，有两辆敌坦克列队而行，坦克后面还跟有负责提供支援的步兵。我们得赶紧采取行动。我扛着一具"铁拳"，和几名新战友匆匆下楼，冲上电话交换站后面的街道。要是我知道如何发射"铁拳"的话，也许能轻而易举地干掉第一辆敌坦克，可惜我不会用这种武器。我摆弄了一下"铁拳"，试了试各个部件。时间不多了。我们这些信号兵从未接受过使用这种武器的训练，现在终于尝到恶果。我"手无寸铁"，丧失了经受最终考验的勇气。

我们的军士立即动身，朝镇子西郊飞奔，我们赶紧跟了上去。尽管表现得很不英勇，可我们还是逃离斯特里高，在晴朗的冬季穿过田野，赶往巨人山。风把粉状的雪花吹到我们脸上，还从我们耳边呼啸掠过。我们看见前方主干道上有一支车队，还有长长的难民队伍，我们穿过他们，继续赶往巨人山。离开公路一段距离后，我们听见身后传来呼喊声。军士说道："别回头，继续前进！"过了一会，另一个战友插话道："咱们得停下，后面来的是个军官！"无奈之下，我们只好停了下来。我们再也无法到达巨人山了。开着一辆大众桶式车追上来的上尉是弗赖堡城防司令，他命令我们："上车！"

我坐在挡泥板上，桶式车穿过了道路两侧的装甲战车——这些战车正按照战斗序列向前开进。弗赖堡的入口处站着一个人，我们立即认出了他：亲自率领士兵发起反突击的舍尔纳将军。我暗自思忖，用不了几分钟，我们四个就很有可能被吊死在路边的树上——就看上尉如何向舍尔纳报告了。上尉果然向舍尔纳大将汇报了情况，大将扭头朝我们这里看了看，问道："这些候鸟是从哪里来的？"我听不到上尉是怎么回答舍尔纳的，因为他背对着我们。不过，我清楚地听到了舍尔纳随后说的话："务必确保他们去那里。"他指的是弗赖堡的前线收容中心，该中心设在山坡上的一座大型砖制建筑内，那里原先是国家社会主义福利培训学院。

正如我多次强调的那样，军人在战争中需要点好运。说实话，我的运气一向不错，这是我能活下来的关键原因。每逢危急时刻，好运从未弃我而去。最后一批掉队的士兵两个钟头前刚刚离开收容中心（不是去挖战壕，就是去第 208 师预备队），而我们却留了下来。舍尔纳将军的反突击挡住了前进中的俄军，态势开始稳定下来，我们在收容中心加入一支有 50 人的预备队。

1942 年 8 月，本书作者用面包与当地农民交换树莓。

海因茨·席曼斯基、弗里茨·克雷布斯和埃哈德·施泰尼格尔（本书作者）于1944年9月14日5点50分收到电报，得知第151步兵团第1营已到达库伊瓦斯图村（位于蒙岛附近），并在那里遭遇激烈抵抗。

第 151 步兵团第 7 连控制了厄塞尔岛 4
千米长的堤道，由于俄国人破坏了堤道
部分地段，德国人正在抢修。

第 151 步兵团的士兵或步行，或搭乘马拉大车，或骑自行车赶往凯尔德拉——这是达格岛上的主要村庄。照片最右侧的人是黑克勒少尉。

1941年，俄国北部，冬季。照片上的是条顿骑士团于1380年在纳尔瓦河西岸建造的赫尔曼城堡（左侧），以及东岸的伊万哥罗德城堡。在德军攻往季赫温的途中，本书作者所属的部队在纳尔瓦河畔的赫尔曼城堡休整了几天。

1941 年冬季,沃尔霍夫河畔被积雪覆盖的佩尔捷茨诺村。1941 年 12 月,德军撤离季赫温后,这里发生了激烈的战斗。

本照片摄于1942年春季，位于德米特罗夫卡村的第151步兵团团部附近。在化冻后的泥泞期，马匹比机动车辆更实用。

许多勇敢的马匹在泥地里丧生。照片里的马匹正被用于拖曳补给大车，其中一匹马精疲力竭地瘫倒在地，旁边的士兵即将给它补上"仁慈的一枪"。

1942 年 8 月,第 151 步兵团信号排的士兵正在赶往列宁格勒前线的途中。后排从左到右分别是:托尔克斯多夫、霍费尔中士、阿诺尔德·马特霍伊斯、弗里茨·克雷布斯、沃尔夫冈·冯·乌拉尔特、汉斯·格赖讷、海因茨·席曼斯基、古斯塔夫·瓦赫诺夫斯基、阿尔弗雷德·扬茨。前排从左到右分别是:布比·比克斯、维尔纳·奎尔马茨、本书作者、维克托·普雷施。

我当了卫生员

我患了喉炎。有人告诉我们这些病号，每天都有医生来出诊。过了几天，医生来了。一楼诊室的门开了，一名身材瘦削的山地兵候补军医官面带微笑地走了出来，他个头不高，面色红润，笑起来还有酒窝。他问在场的患者："你们谁懂正字法？"①无人回应，他又问了一遍，我举起手。"跟我来！"我随后按照他的口述，起草了两份文件，标题分别是"不适合战地勤务证明"和"只适合室内勤务证明"。他在文件上签了名。看来我干得不错，最后一名患者离开诊室后，他问我："还有你，你也病了吗？"就这样，我拿到了"不适合战地勤务证明"。

"听我说，你待在诊室里更好些。你可以睡在诊察台上，这总比睡在地下室的草堆上好得多。你的工作是保持诊室内干净整洁。"他想了想又问道："你会打字吗？"我点点头。"太好了！我们先处处看，也许你会愿意和我待在一起。"他随后正式作了自我介绍："我是奥古斯特·切尔文斯基医生，入伍前是内科医师。"

这就是我同切尔文斯基医生的首次会面，他是个好人，道德感和宗教原则都很强。继兽医克雷默之后，切尔文斯基医生可以说是我的第二个救星，他同样为我的生存指明了方向，时至今日我仍对他心存感激。从本质上来看，他不能算是一个军人，只能说他是穿了身军装而已。他来自维尔茨堡的大学医院，是土生土长的上西里西亚人。每次他跟我说话，总是称呼我为"施泰尼格尔先生"，而不是"一等兵"。他曾对我说："要知道，这种军队称谓有辱人格。我不会去掉'先生'这两个字，你会习惯的。"我觉得他之所以选中我，是因为我左胸佩戴着步兵突击勋章。他想从我的前线经历中找到某种道义支持。毫无疑问，他并不缺乏勇气，也很有积极性——在我们不断遭受失败的那些年，这些特点难能可贵。

他派我担任配药室文员。工作了一个星期后，切尔文斯基医生告诉我，现在必须为轻伤员设立一个医务室，因为舍尔纳将军下达了命令，不再把轻伤员送到弗赖堡—施韦德尼茨一线的后方治疗。德国军队已夺回斯特里高，所以弗赖堡目前位于前线后方15千米处。于是，我成为后方地带士兵。而且，医学似乎有某种魔力，越来越强烈地吸引了我。

我们提交了申请，并在楼上的诊疗室旁边得到三个房间——客厅大得足以摆放

---

① 译者注：正字法指的是正确书写德文文字的规范。

12张铁架床，而且还配有一间拥有自来水和4个浴缸的浴室。我安排了其他必需品（特别是刀叉和饭盒），我惊讶地发现，每个人都愿意帮忙。我觉得军医的衣着打扮应该像军官，于是我同军装供应部门的军士商量了一番，请连里的裁缝用最好的皮革和布料，为切尔文斯基医生量身定制了军官军靴、大檐帽、马裤和军上衣。焕然一新的切尔文斯基医生站在镜子前，脸上露出微笑，对这身行头满意至极。毫无疑问，他应该是想起了他的妻子和年幼的女儿。军装供应部门的军士坐骨神经受损，无法长时间行走。他帮了我大忙，我当然也会信守承诺——弗赖堡的各个机构进行疏散时，他和我们乘坐指挥车一同撤离。

我们每天按部就班，履行新职责提出的种种要求。迪斯特尔芬克中士被派到我们这里担任卫生员（从领章就能看出他是个军校学员），他20来岁，相貌英俊，人很聪明，也很有教养。我们还找了两个姑娘，她们负责每天打扫房间和清洗餐具。后来，她俩让迪斯特尔芬克倒了大霉。第一批病人随后到来，他们都是一些肺炎、疟疾、胃病患者。我们这个门诊部平均每天都有8—9名住院病人，我负责办公室工作，迪斯特尔芬克中士则担任医生助理和主管护师。医生查房后，迪斯特尔芬克就要仔细检查患者，并向他们解释治疗方案。至于肌肉注射的工作，则由我负责。"很简单，你只要在患者的臀部想象出一个十字架，然后在上外象限注射针剂即可——因为那里的血管最少。当然，你先得用乙醚^①清洁注射部位，再用左手拇指和食指捏捏注射部位的皮肤，然后自信地扎下针头，最后贴上一块护创胶布，完工。"我没想到报务员在军队里还要学会这门技术。

迪斯特尔芬克中士生日那天晚上，他和两个女清洁工在他灯光昏暗的房间里庆祝，而我则睡在隔壁房间的诊察台上。他们庆祝了整整一周。切尔文斯基医生某天终于对我说道："施泰尼格尔先生，现在整个门诊部的工作都交给你负责。"

"遵命，候补军医官先生！"

"打饭、分饭这些活儿我再派个病人帮你，这应该没什么问题。我会打发迪斯特尔芬克中士走人。"听他这么一说，我才明白自己成了多面手。我生怕自己处理不了医务方面的问题，他倒不太担心："我一直在观察你，发现你到目前为止正确地

处理了所有事情。我把迪斯特尔芬克中士开除了，米勒上尉对我说了他们在这里搞夜间庆祝的事情。"上尉住在我们楼下。切尔文斯基医生是个极为虔诚的天主教徒。虽然我从出生之日起就是天主教徒，但从严格意义上来说，我并不算真正的教徒。当然，我现在也不是虔诚的天主教徒。我对漂亮女人也感兴趣，但肯定不会像迪斯特尔芬克中士那么痴迷。我得谨慎行事！切尔文斯基医生继续说道："你要认真执行我对你说的一切，这样就不会出岔子。还有件事——你得跟我待到最后一刻了，我已获得巴尔德奥夫上尉批准。但你必须把衣袖上的闪电标志去掉，否则我就没法保住你，因为他们急需训练有素的信号兵，特别是报务员。"我答应了，不无伤感地拆除了衣袖上的闪电徽标。

我现在成为主管护师，切尔文斯基医生在病人面前正式介绍了我的新身份。所有病人，无论是军官还是普通士兵，都得服从我的指示——因为他们在这里只是病人，没有其他身份。就这样，我成了切尔文斯基医生手下的二把手。某天，一名军士长趾高气扬地命令我次日去本土卫戍连报到，接受新任务。切尔文斯基医生告诉我："别理他，你就跟病人待在一起。他不识相的话，我就给他开一个适合前线勤务的证明，还要问问上级，这个身强体健的家伙为什么还待在后方。"打那之后，军士长就对我百般讨好，还送香烟给我。

后来，我们终于得到援手，来了一个"半吊子"女护士（水平和我这个"训练有素的卫生员"差不多），我称她为黑尔佳夫人。她25岁左右，身材修长，有一头乌黑飘逸的长发，棕色的双眼温暖有神，待人处事温柔大方，很容易博得旁人的好感。她丈夫是个少尉，在当地一座重要的军工厂里担任工程师。此时，她要想留在当地，就得从事重要的战争辅助工作。因此，黑尔佳夫人成了"护士"。此外，弗里茨·约翰也加入了我们的护理小组，担任护工、锅炉工兼搬运工。我必须24小时待命，但我对这些工作心存感激。

某天傍晚，有人把三名甲醇中毒的乌克兰党卫队士兵送到我这里。我们给他们灌了几升咖啡，还插了管子催吐，以缓解甲醇的影响。这些手段没能奏效，一人当晚就死掉了，另外两人虽然活了下来，但都双目失明了。此外，还有一个15岁的小伙子开煤气自杀，但他被送来得太晚，我们也没能救活他。还有一次，我看着医生从病人体内小心翼翼地取出一条绦虫——必须确保绦虫的头还在，否则整个手术就会前功尽弃。接下来我在太平间协助切尔文斯基医生做尸检——死者是一名死在逃兵手下的宪兵，军事法庭必须确定宪兵的死亡原因。为奖励我的协助，医生把他的酒和香烟配给给了我。他不抽烟也不喝酒，我捡了便宜，因为我那时候这两样都沾。

我俩成了好友，完全不受军衔高低影响，只有一次，一个小小的误会给我们的友情造成些许困扰。我们约好复活节那天在天主教堂碰面。我在途中发现弗赖堡有两座教堂——此前我真没注意过这一点，因为我不是一个定期去教堂做礼拜的人。我仔细打量两座教堂的上层建筑，发现其中一座教堂上有只金鸡（就像苏台德地区杜克斯的福音教堂那样）。于是我走入另一座教堂。我发现这座教堂里没有巴洛克风格的天使，一扇扇窗户非常敞亮，墙上的一块木板上有些数字（具体用途不得而知）。直到全体会众开始唱颂歌，我才发觉他们是新教教徒。在故乡的天主教堂里，只有唱诗班才能唱颂歌。虽然新教教徒信奉的上帝、拿的圣经与天主教徒一样，但切尔文斯基医生却对我跑错地方大加责备。不过，他最终还是原谅了我的过错。

1945 年 4 月底，苏联人与美国人在易北河会师，我们不得不考虑该如何回家了。切尔文斯基医生和我一致认为，应该去我的老家一趟，宰头猪来庆祝我们在战争中活下来。我们都是乐观主义者，却不知道我父母已被驱离家园和故土。前面提到的绍切克霸占了那里，我父母暂避在我姐姐家。

鉴于德国的最终崩溃随时会到来，我们在弗赖堡最关心的是如何搞到汽车。切尔文斯基医生和我直接征用了我们需要的一切，他大概是从城防司令那里获得的授权。我们先在镇子西端一栋大房子的地下室里设立了备用急救站，还弄来担架、包扎材料、麻醉剂和各种药物，然后又去寻找合适的卡车。我们找到两辆虽然破旧，但状态还算不错的卡车，在车身上绘制了红十字标志。我们制作了红十字袖章，还给黑尔佳夫人弄了顶红十字护士帽。我们做的一切纯属自我安慰，因为我们知道俄国人认为伤员仍是战斗人员，仍是合法的攻击目标。我们需要两个救护车司机，有两名轻伤员毛遂自荐。我们这支小小的救护车队现在可以投入使用了，除了坐骨神经痛患者外，其他病人都能行走，就连坐骨神经痛患者后来也在必要情况下鼓起勇气行走起来。

5 月初我们接到命令，去投奔第 208 师。该师目前正赶往布拉格南面，企图向美军投降。当时我们都不知道，他们根本来不及实现这个目标了——因为俄国人从德累斯顿和维也纳出击，已完成大规模合围，一举困住了合围圈内的德军部队。不管怎么说，就算我们逃到美国人那里，他们也会遵守协议，把在战争最后几个月里抵抗俄军的所有德军官兵都交给俄国人。

我们把所有物资都装上卡车，黑尔佳夫人的丈夫穿着少尉军装加入了我们的行列。我们很幸运，从某个加油站征用到数千升汽油，解决了燃料问题。我们不仅给汽车加满了油，还灌满了我们能找到的每个罐子。几个姑娘也加入了"弗赖堡战斗群"，她们觉得跟我们待在一起更安全。

5月7日，我们的车队动身出发，在春天的好天气下离开了格拉茨山脉。取道瓦尔登堡前往兰茨胡特的道路一直都是上坡。由于两辆卡车都"开了锅"，我们不得不停下休息一会。又行驶了几千米后，一辆破旧的卡车彻底报废。我们朝山下驶去，在经过著名的景点韦克尔斯多夫山崖后，进入了波西米亚。特劳特瑙成了"鬼城"，一条条狭窄的街道上只能见到德国军队。在特劳特瑙与柯尼希格拉茨之间的某处，我们沿田间小径行驶，在露天过夜，吃的是面包、肉罐头和奶酪。

5月8日的天气很凉爽，但德国军队堵塞了各条道路，我们的行程就此结束了。车队负责人把我们召集到他的身旁，说他从广播里听到战争结束了，德国国防军已无权继续发号施令了。所有军人不再受效忠誓言束缚，如果有谁觉得跟部队待在一起更安全的话，欢迎留下。我们保留了武器，我们迟早要以这些武器来自卫。

我们在路上遇到了第一批捷克正规警察，他们不仅举止得体，还告诉我们应该去柯尼希格拉茨的收容营。我与切尔文斯基医生、黑尔佳夫人和她丈夫走散了，我指示弗里茨·约翰和两名救护车司机掉头驶离柯尼希格拉茨，并最终与一支德军卡车队会合。这支车队的头车上架着机枪，随时准备开火——他们打算冲出去。夜幕降临时，车队沿捷克各个村庄间狭窄的乡间小路行驶。四下里见不到人烟，甚至没人躲在窗帘后偷窥。帕尔杜比茨东面，两个全副武装的男孩在村口拦下车队最前方的卡车，不放我们通行。幸亏没人开火。两个男孩的母亲随即赶来，让他们别干傻事，赶紧把路让开。他们照办了，我们这才得以继续前进。不难想象，要是机枪组不保持镇定的话，我们肯定没命了。

5月9日还是10日，具体哪天我记不清了，我们在上午9点前后终于得出结论，认为继续逃亡毫无成功的希望。俄国人已进入布拉格。我们在路上停下，销毁了手里的武器。左右两侧的道路上，满是德军遗弃的装备。各种面额的新钞票被一捆捆丢在各处，它们显然是某些人从各个团的保险箱里弄来的。此时我们手无寸铁，捷克宪兵和"游击队员"，把我们领到一处田地里，搜走了我们的军饷簿，并命令我们交出所有弹药，违令者处决。他们还撕掉了我们的肩章，抢走了我们的勋章。后来又出现了两个俄国人，他们每人手里举着 15 块手表，兴奋地呼喊着。

我们排成松散的队列步行进入赫鲁迪姆，镇内的老妇站在前方的人行道上朝我们吐口水，还强迫我们在路边的排水沟里行走。我在镇内最后一次见到了黑尔佳夫人和她丈夫，她看上去很害怕，而她丈夫则竭力不失尊严地承受羞辱。虽然已经取下了肩章和勋章，但人们还是能通过军装变色的位置识别出老兵和年长的参谋军官——他们受到了无数人的羞辱和嘲笑。许多人永远不会忘记这场耻辱的经历，无疑也有不少人后悔自己没能早点逃离这里。

基里希铁路枢纽和工业区的残垣断壁。

基里希登陆场，"骷髅谷"德军阵地前方的 T-34 坦克残骸。

格鲁西诺登陆场，第 162 掷弹兵团的士兵正在赶往位于丘多沃的前沿阵地。

沦为俘虏

俄国人进入镇内。年轻的俄军士兵军容整齐，他们看上去吃得很好。他们站在车辆踏板上，向夹道欢迎的捷克人挥手致意，没有注意到我们。我们在俄军一支马拉补给队旁边停下。几个身着军装的俄国姑娘笑容满面地看着我们，还喊道："Voyna kaput, domoy poyecheli."（大意是"战争结束了，你们很快就能回家。"）但也有一个颧骨突出、表情凶狠的人满怀仇恨地朝我们喊道："你们都得去西伯利亚干活，一直干到死！"几个姑娘发火了，狠狠骂了他一通，随后扭头朝我们喊道："别听他胡说，会放你们回家的。"她们肯定认为会是这样，可事实证明，那位"愤怒的伊万"说对了。

赫鲁迪姆足球场是我们的第一处营地。我们在这里待了三天——白天无遮无掩地暴露在五月炽热的骄阳下，而夜里则被冻得瑟瑟发抖。捷克人负责看押我们，他们把德国宪兵挑出来，命令他们挖厕所，还不停地殴打他们。我们听见了他们痛苦的惨叫声，以及不时响起的枪声，但他们在球场的另一端，所以我们不知道那里发生了什么事情。有个年龄很小的男孩（可能只有14岁），穿着德国军装，说一口巴伐利亚方言——他被捷克人绑在球柱上。他时而大骂捷克人，时而痛斥不敢伸出援手的德国人是"懦夫"。最后，他在夜间被松了绑。

我们一连两天没得到任何食物，捷克人在第三天送来刚烤好的面包——32个人分一条面包。夜里，捷克人练习机枪射击，子弹从我们头上飞过。次日我自愿加入清扫组——仅仅是为了能离开这里。

我们带着扫帚和洒水壶出去清扫小镇脏兮兮的街道。当地居民这次没打扰我们，他们显然已越来越清楚地看出了"德国占领与苏联'解放'在许多方面的差异"。我去公立医院为水壶灌水，一名中年妇女递给我一片涂满黄油的面包和一杯牛奶，用磕磕巴巴的德语对我说道："拿着，您千万别以为捷克人都那么坏。"在所有民族中，帮着消除仇恨或制止仇恨发生的总是女人。因为当初在商学院学过捷克语，所以我用课本上教的话对她表示感谢。波西米亚的两个民族都有德意志血统，但现在我们共同的历史篇章就此结束了，她为此伤感不已。

次日夜间，信号弹和照明弹照亮夜空，西面的布拉格地区"发出耀眼的闪烁"，那是胜利的烟火。他们在欢庆我们的失败。据说武装党卫队仍在下水道里抵抗。捷克人把被俘的党卫队员绑在车上"五马分尸"，或拖在车辆后面穿过街道，直到他们丧命为止。此外，这些捷克人还把负伤的德国士兵从军医院顶楼丢下。捷克人四处追捕、杀戮身处布拉格的德国人，或往他们身上浇满汽油，然后点燃，强迫他们像活火炬那样跑过查尔斯桥。这些兽行悄无声息地一再重演，激起我们"无助的仇恨"，我们也对纵容此类暴行发生的英国人和美国人恨之入骨。

第二天，俄国人接管了营地，押着我们赶往莱托米施尔。押送我们的卫兵都是亚洲人，他们举止得体，还一直在途中保护我们，不让捷克人靠得太近。我们在莱托米施尔住在城堡里。在被剃了寸头后，一名俄军军官粗略查看了一番，就把我们分成三组。我们每天可以喝三次汤——没有饭盒，汤就盛在罐头盒里。我们的食物主要是德国国防军的冷冻青豆和菠菜。

俄国人禁止我们猜测此行的目的地，违反禁令的人会受到惩处。一名俄军少校向我保证，我们很快就能回家，目前他们正在进行登记。我在莱托米施尔再次遇到了和军官待在一起的切尔文斯基医生。他沮丧地告诉我："施泰尼格尔先生，我们不会获释的，他们正准备把我们分成三个劳动组。您想想，他们为什么要把我们的头发剃得这么短呢？"他伤感地朝我挥手道别，这是我最后一次见到他。

在莱托米施尔，一名德裔想去看望他的捷克姑妈，俄国人批准了他的请求，并派了一个捷克警卫陪他一起去。他回来后告诉我们，捷克人对他们获得的解放并不高兴。"我姑妈说，捷克人以前害怕德国人，可俄国人现在把他们吓得心惊胆战。"有传言说，捷克斯洛伐克境内有数百万名苏台德德国人遭驱逐。虽然我对这些"在厕所里传播的小道消息"深感怀疑，但还是很难想象德国人和捷克人日后会和平相处。这场战争的胜利者已经开始无情地推行"捷克化"，最多两代人之后，波西米亚和摩拉维亚的德国人就会所剩无几，只剩没人在乎的应该归为德国人还是捷克人的混血群体。

次日我们登上运送牲畜的车辆，随后乘火车前往奥斯维辛，据说那里有个大型集中营。我们列队走入一扇标有"劳动带来自由"口号的拱形门。这句不无讽刺的话既适用于我们，也适用于在苏联战俘营里经历多年饥饿，勉力求生的德国俘虏——他们在西伯利亚的茫茫荒原上和若干工厂里辛勤劳动，最终确实获得了自由。就我的情况而言，这段劳动时间长达四年半。我们当然认为这种做法很不公正，因为按《日内瓦公约》的规定，战争结束后"无限期拘押战俘、不予释放"是非法的。但我们听说，战胜国在某次会议上决定废止相关公约。

我们在奥斯维辛待了四天，吃得不错——算是为即将开始的行程做好准备。我们原本以为俄国人会把我们送往乌克兰，整个夏季都在那里收割庄稼，却没料到他们让我们登上了牛棚车。这趟火车之旅持续了六周时间，直到 1945 年 7 月 11 日前后才在阿尔泰山脉北坡的奥辛尼基（位于新西伯利亚东南方约 400 千米处）结束。我们在奥辛尼基干苦力活。

关于战争结束后的那几年，德国战俘在苏联劳改营的悲惨经历的书籍很多。我本人的遭遇也完全能写成另一本书。但我打算写一篇后记，谈谈我在被囚禁期间是如何与家人和未婚妻保持联系的。

后记

1945 年 8 月底，我父母的农场和我姐姐的房子都被没收了，没有任何补偿。他们把我父母、我姐姐咪咪和她两个年幼的孩子送到波西米亚与萨克森边界。最后，捷克人又搜查了一遍，确定他们除了身上的衣服再也没有任何财物后，这才把他们赶过边界送进德国，官方道别语是"重返帝国"。[1] 我当时对这些事情一无所知。

从 1946 年中期起，我们这些囚犯获准每两个月给家人写封信——写在苏联红十字会的明信片上，只能写 25 个字。我给父母写了信，并寄到他们在苏台德地区的住址，但没收到回信。

1946 年 11 月 8 日，我给未婚妻发了张明信片（寄到内茨希考 / 福特格兰邮局，据我所知那是她在战争结束前的住址）："谨祝你和你父母圣诞快乐，可能的话也包括我父母。亟盼复函，衷心问候，埃哈德。"

1947 年 5 月，我收到她从战后德国寄来的第一封信。她目前住在基尔，还找到了定居在石勒苏益格 - 荷尔斯泰因的父母，但她没有我父母的消息。

1948 年 12 月前，我一直待在斯大林斯克（又名库兹涅茨克）的一座劳改营里。我母亲住在德国境内苏联占领区的埃卡茨贝加。我母亲好不容易才找到我的未婚妻，

---

① 译者注：Heim ins Reich，这句话是希特勒当年的口号。

并从她那里得到了我的通信地址。她在信里告诉我，我哥哥弗朗茨还活着，目前他被关在乌拉尔的战俘营。

我现在终于能定期收到母亲和未婚妻寄来的信件了。我在 1949 年 1 月 17 日的信里感谢了未婚妻提供的帮助："我在睡前总是想到你，总是想象我们重逢，共同开始新生活的场面，这是我每天最快乐的时刻……"

1949 年 8 月底，斯大林斯克劳改营的所有战俘，带着随身物品聆听了简短的政治演说，随后便乘货运火车前往矿工营地，然后获释回国。我们到达布列斯特 - 立托夫斯克，在那里换乘火车前往德国东部地区时，我还没打定主意是去埃卡茨贝加还是基尔。

我向火车司机请教他的看法，他告诉我："要是您自由了，而且是单身的话，就去西面！否则您只能去奥尔河畔的铀矿里干活，或者当民警。"

我们的火车于 1949 年 10 月 1 日到达奥得河畔法兰克福，喇叭里的声音提醒我们，现在必须决定要去哪里——只有这样才能转车。我犹豫了两个钟头才拿定主意。我现在 29 岁了，无论有多爱母亲，都不能绕着她的围裙转悠了。当然，我也不想去挖铀矿或当民警。

售票员问我："去哪里？"

"基尔，奥尔登堡大街 14 号！"我终于做出了决定。我给未婚妻发了一封电报："周一或周二到达，想你，埃哈德。"

我的未婚妻埃尔丝原先和另一个姑娘在某处营房合住一个房间，但此时她在基尔租了一个带家具的房间。我想娶她，可我们除了无数封往来信件外，待在一起的时间总共就只有 7 个钟头。我能给她什么呢？她面对的风险比我大得多。

"基尔，主火车站，所有人都下车！"我最后一个离开车厢，沿着站台慢慢行走，手里拎着一个纸箱和一包马合烟草，这就是我全部的财物。车站大厅的屋顶满目疮痍，仍未修好。按照约定，埃尔丝在车站红十字会站点旁等候，她看见一个蓬头垢面的"归国者"带着激动的神情走了过来。栅栏旁，她站在我面前，我俩相视而笑，就好像昨天刚刚分开。